海鳴り

太平洋戦争
私の体験

萬濃誠三 著

文芸社

はじめに

世界の人々は、**戦争**というもっとも愚かな行為を何時までたってもやめようとしない。宇宙船やロボットの発明、或いはＤＮＡの研究よりも何よりも、戦争をなくすことが重要ではないか。

私は太平洋戦争を主とする十五年戦争の時代を生きてきた。そこで戦争をなくすため少しでも役立てばと願い、当時の体験を書き残すべく筆をとった。

近年私は全国各地の岬を訪ね歩いている。岬に立ち、湧き立つ雲の下、茫洋と拡がる大海を眺め、**海鳴り**を聞く。その時蘇ってくるあの苛烈な戦の日々の鮮明な記憶を、旅の思い出と共にここに書き止めた。

なお、私は学生時代や軍隊生活の後半、折にふれ日記を書いた。日記には当時の想いがそのまま残されている。私はそれらを取り出し、併せて書き添えることにした。

昭和十四年五月二十四日等と、太字の日付で始まっている文章が私の日記である。日記の一部の漢字にルビを振った。

*引用はすべて原文のままとし「　」で示した。

萬濃誠三

平成十三年秋

海鳴り

目次

高知県　室戸岬

この浜寄する大波はカリフォルニアの岸を打つ

夕刻高知駅で下車、タクシーで宿へ。乗ると早速運転手が「あれがはりまや橋で…」と観光ガイドを始め、竹林寺の僧純信と鋳掛屋の娘お馬の聞くも悲しい恋物語など、その故事来歴をひとくさり。

翌日はこれぞ本物の国宝高知城を見たり、車体に賑やかな極彩色の絵を描いた欧州伝来の路面電車に乗ったうえ、さらにもう一つ欲張って、江の口川の中にあり、世界中で陸上にあるのは九カ所だけという東経一三三度三三分三三秒北緯三三度三三分三三秒の地点「地球三三番地」を見たいと思ったが、時間切れで断念。

次に行った〝月の名所は桂浜〟昼間の景色もなかなかだ。龍頭岬に立つ英傑龍馬の像、特別天然記念物尾長鶏、闘犬で名高い土佐犬、と回ってから室戸岬へと向かう。バスに乗ること二時間余り、龍馬の盟友中岡慎太郎の像の近くで下車。早速岬の突端を目指す。

太平洋の荒波が灌頂浜《かんちょうがはま》の巨大な岩礁に砕け散り、轟音を轟かせる。まさに聞きしに勝る雄大な風景。岸辺には拳大の黒い石が重なり合い、波の引く度に揺れ動いてゴトゴトと鳴る。砂浜がサラサラと囁くのに比べて、これもまた豪快。

約二キロメートルの乱礁遊歩道を散策、地図や解説板もよく整備されていて楽しい。数

恐縮ですが
切手を貼っ
てお出しく
ださい

1 1 2-0 0 0 4

東京都文京区
後楽 2－23－12

(株) 文芸社

ご愛読者カード係行

書　名					
お買上 書店名	都道 府県　　　市区 郡　　　　書店				
ふりがな お名前			明治 大正 昭和　　年生　　歳		
ふりがな ご住所	□□□-□□□□			性別 男・女	
お電話 番　号	（ブックサービスの際、必要）	ご職業			

お買い求めの動機
1. 書店店頭で見て　2. 小社の目録を見て　3. 人にすすめられて
4. 新聞広告、雑誌記事、書評を見て（新聞、雑誌名　　　　）

上の質問に 1. と答えられた方の直接的な動機
1. タイトルにひかれた　2. 著者　3. 目次　4. カバーデザイン　5. 帯　6. その他

ご講読新聞　　　　新聞	ご講読雑誌

文芸社の本をお買い求めいただきありがとうございます。
この愛読者カードは今後の小社出版の企画およびイベント等の資料として役立たせていただきます。

本書についてのご意見、ご感想をお聞かせ下さい。
① 内容について

② カバー、タイトル、編集について

今後、出版する上でとりあげてほしいテーマを挙げて下さい。

最近読んでおもしろかった本をお聞かせ下さい。

お客様の研究成果やお考えを出版してみたいというお気持ちはありますか。
ある　　ない　　内容・テーマ（　　　　　　　　　　）

「ある」場合、小社の担当者から出版のご案内が必要ですか。
希望する　　希望しない

ご協力ありがとうございました。

〈ブックサービスのご案内〉
小社では、書籍の直接販売を料金着払いの宅急便サービスにて承っております。ご購入希望がございましたら下の欄に書名と冊数をお書きの上ご返送下さい。（送料１回380円）

ご注文書名	冊数	ご注文書名	冊数
	冊		冊
	冊		冊

高知県　室戸岬
この浜寄する大波はカリフォルニアの岸を打つ

年前訪れた足摺岬の風光もすばらしいが、ここはこうした遊歩道で岩礁をたどり、波の飛沫を浴び、岩と波の奏でる豪快なハーモニーを特等席で聴けるうえ、背後の台地上からは広々とした太平洋に突出するこの室戸岬自体の風景を楽しめる。

振り返ると台地の中腹に「探鯨展望所」なる建物が見える。ここは鯨の名所、土佐捕鯨は三〇〇年ほど前の突取捕鯨による勇魚《いさな》とりに始まる由。岬の上から冬は南下する鯨が、春は北上する鯨が見られるとのことだが、今は秋、方々の塀や壁に描かれた鯨の雄姿や地上に突き出た巨大な尾びれの模型を見てガマン。

夕暮れ近く車で灯台の立つ岬の上へ登る。この灯台は一八九九年（明治三二年）初点灯、光度一九〇〇万カンデラ、光達距離五六キロメートルの一等灯台。直径二・六メートルのレンズは犬吠埼灯台と共に日本一を誇っている。眼下に広がる太平洋の雄大な眺望に見惚れていると、やがて日没。空を真紅に染めて沈みゆく太陽、壮麗というかその美しさはまさに値千金。

宿への道をたどると辺りの草むらからマツムシの大合奏。戦後アメリカ渡来のアオマツムシが急増し、全国至るところで鳴いているようだが、ここは違う。これはすばらしい、さすが室戸岬とま

高知県室戸岬突端の乱礁

たまた感心。

翌朝、室戸岬に別れを告げ、甲浦《かんのうら》までバス。ここから阿佐海岸鉄道で土佐から阿波へ。この民営鉄道は近年開業した由で駅は三つ、運行距離は八・五キロメートルのミニ鉄道。甲浦駅は売店に切符売りを兼ねた小母さんが一人いるだけで、客はまばら。これでは路線延長どころか赤字増大では?と、人ごとながら心配。だが車内にはサロン風のソファーもあり乗り心地は満点。

海部《かいふ》でJRに乗り継ぎ、牟岐《むぎ》で下車。海岸に建つすばらしい木造建築の貝の資料館「モラスコ(スペイン語で貝類の総称)むぎ」へ。世界中の美しい貝、珍しい貝、二〇〇〇種六〇〇〇点と、アンモナイト等の化石が独創的な方式で展示され、目を奪う。

中でも日本三名宝といわれるオトメダカラ、ニッポンダカラ、テラマチダカラや重さ二四三キログラムもある世界最大のオオジャコ貝は見もの。夕刻宿への途中、天然記念物「宍喰《ししくい》浦化石漣痕」を見る。これは数千万年前、波の模様の付いた海底の砂が地殻変動によって隆起して出来たもので、高さ約三〇メートル、幅約二〇メートルある地質学上貴重なもの。

さて、宿は徳島県の太平洋側、水床湾を見下ろす金ケ崎先端にある国民宿舎みとこ荘。室戸阿南国定公園の中なので眺望絶佳であるうえ、いろいろユニークな施設があり楽しませてくれる。中に入ると広い庭に温室があり、美しい蘭や観葉植物を自由に観賞出来るし、しゃれたカフェテラスもある。

お次は風呂。名付けてミュージック温泉展望風呂。〃温泉と音楽は神様が与えてくれた安息である〃などと、もっともらしく宣伝しているので、これはオモロイと入ってみる。なるほど水床湾の絶景が目に飛び込んできて、まさに展望風呂。そしてお湯の中から草津節ならぬショパンの妙なる音楽が…、といくら待っても音声皆無。底を見回すと何やらブリキの箱のようなもの。つついてみたが応答なし。フロントに文句を言うと、「相済みません、機械の中にお湯がはいりまして…」と。修理する気配全くなし。これは大×点。

三つ目は屋上の天文台。夜上がってみると、本格的な天体望遠鏡を備えた「みとこ天文台カノープス」なるドームがあり、専門家？　が説明しながら天体観測をさせてくれる。もちろん無料。私は初めての経験。あの美しい輪が特徴の土星を見つけた時は、思わず歓声をあげた次第。いい年をして、と天体マニアから笑われるかも。土星のほか銀河だの何とか星座だのいろいろ見て大満足。これは◎。

これで俄然天文づき翌朝は一念発起、早

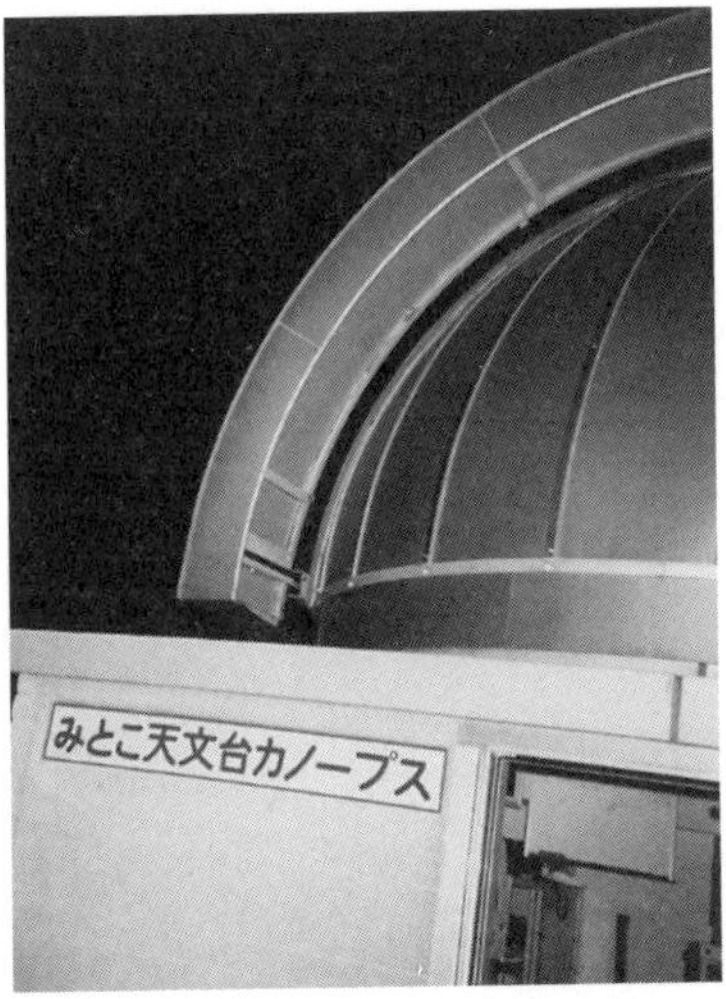

徳島県金ヶ崎のみとこ天文台カノープス

起きして屋上から太平洋の日の出を見る。雄大かつ壮麗言うことなし！　先年銚子の犬吠埼の宿でせっかく早起きしたが、雲が災いしてくたびれもうけとなった恨みを、やっと晴らした思い。

帰りは牟岐線でゴトゴト。途中アカウミガメが産卵に来るので有名な日和佐や四国最東端蒲生田岬へも立ち寄りたかったが、ちょっと時間的に無理。他日を期すことにして徳島で途中下車。眉山などを早回りして夜帰宅。

〈海鳴り〉　星とのかかわり

うん、あの土星は素晴らしかったな、と東京への列車の中でうとうとしながら思い出していたら、別の星がまたたき始めた。それはかつての**帝国陸軍**の星。一つ星は初年兵の二等兵、一つ増えれば一等兵、も一つ増えれば上等兵。

私とこうした星とのかかわりは子供の時から始まった。

今を遡ること約七〇年、昭和六年六月二十七日、「陸軍大尉中村震太郎、興安嶺で虐殺さる」の報が日本全国を駆け回り、多くの国民が〝けしからん、屯墾《とんこん》軍をやっつけろ〟と拳を振り上げ、続いて〝義勇奉公四つの文字、胸に刻みて鞭を挙ぐ、丈夫《ますらお》中村震太郎、行手は遠き興安嶺〟と、この事件を悲憤慷慨する歌がたちまち巷に拡がった。この中村大尉は参謀本部が興安嶺方面の兵要地誌作成のため派遣したのだが、随行した井杉曹長と共に、現地屯墾軍によって捕らえられ、軍事探偵として処刑されたものである。

当時私は小学校三年生。近所の腕白仲間と共にこの歌を唄い、満州の馬賊や匪賊の話に打ち興じた。

この事件の興奮未だ覚めやらぬ九月十八日、満州事変勃発。日本が日露戦争の結果ロシアから譲り受けた権益の一つ、南満州鉄道の線路が柳条湖近辺で夜間何者かによって爆破され、これが引き金となって火の手は拡大を続け、日中戦争そして太平洋戦争へと発展し、日本はいわゆる**十五年戦争**に突入することとなった。

こうして日本中が次第に戦時色に蔽われ始め、星が一段と輝きを増してきた昭和一〇年、私は神戸二中（現在の兵庫高校）へ入学した。

この中学校は質実剛健を旨としたスパルタ式教育で有名。制服はカーキ色の木綿製、制帽は黄緑色でひさしは黒。黒い編上靴を履きゲートルを巻く。下着は全て白色。色ものや毛糸のジャケツ等はご法度。こんな服装だから他所《よそ》へ行くと、兵士やボイラーマンと間違えられることもあり、星の記章こそ付けていなかったが、早くから軍事教練向きの服装を身に付け、それに相応《ふさわ》しい精神教育を受けていたとも言える。

さてそれは結構だとしても、時々困ったのはゲートル。私は家から三〇分ほど歩いて通学していたが、途中にある峠の頂上辺りまで来ると時に学校の予鈴が鳴った。こりゃいかん、遅れそうだと鞄を脇に抱え、走りだすと足元がおかしい、ゲートルがたるんでグサグサ。これはと、無理矢理なんとか巻き付けてまた走る。息せき切って校門に辿り着いた頃のザマは我ながら無様そのもの。門の脇で教師は怒りもせずニヤニヤ。

ところで、私の父は造船技術者として、神戸の造船会社で長らく軍艦や汽船の設計や建造に携わっていた。そうした関係で或る日父は私を巡洋戦艦摩耶の進水式に連れていってくれた。

紅白の幔幕を張り廻らした甲板上に吊るされた大きなくす玉が割れ、鳩が飛び出し、金色の斧が振り下ろされると綱が切れ、楽の音が響く中、船体が静かに船台を離れ海へと滑ってゆく。造船家にとっては感激の一瞬であるらしいが、もしや事故でもと気が気でないものでもあるようだ。式の後、艦内を見せてもらった。この時はまだ大砲等の艤装はしてなかったが、そうした装備に重点を置くため、艦内の通路は子供でも歩き難いほど狭く、天井も低かったことが記憶に残っている。

私の父はこうした仕事に関わっていたので、家には厳重な施錠をした木箱があり、それには設計図が保管されていたのか、父の枕元にはいつもピストルを入れた箱が置かれていた。

昭和十一年二月　皇道派青年将校等によるクーデター、二・二六事件発生。昭和十二年七月　北京郊外蘆溝橋で日・中軍衝突、日中戦争勃発。十二月南京陥落。昭和十三年十二月　国家総動員法発令。

　この頃中学校では三年生から軍事教練が正課に加えられ、その教官として陸軍大佐が配属されていた。大佐と言えば階級章は金條三本に星三つ、連隊長級の大物。この大佐の配下に補助教官として金條二本に星二つの中尉と、金條一本星二つの軍曹がいた。校内には銃器庫があり。三八式歩兵銃が数十丁並んでいた。また小規模ながら実弾射撃場も裏の土手近くにあった。教練の内容は軍隊の真似事のようなもので、初歩から始まり、担《にな》え銃《つつ》、立て銃、立ち撃ち、膝撃ち、寝撃ち。それに腹這いになり、右手に銃を持ち左ひじだけで前進する匍匐前進、〝突撃に前へ〟で素早く着剣し立ち上がり全力疾走、〝突《つ》っ込《こ》めー〟で〝うわーっ〟と叫びながら銃剣で藁束を〝えいえ

青野ヶ原での軍事教練記念写真。後列左端が私

い〟と突き刺す突撃訓練等。この時指導するのは中尉か軍曹。大佐殿は眺めているだけ。実弾射撃は腹這いになり、銃床を右肩に当て、静かに的を狙い、引金を軽く引き、ここぞと言う時にぐっと引き金を引く。そのとたん発射音と共にぐっと肩へ来る衝撃は未だに忘れられない。

教練の時間が雨の日は教室で主に軍人勅諭等の講釈を聞かされたが、担当の中尉はいつも苦虫を噛んだような顔付きで、冗談一つ言わない人物。特に〝陛下におかせられては…〟と天皇に関する話が始まる前には〝起立〟と叫び、我々を立たせておいてからおもむろに口を開き、終わると〝休めい〟とやる。全く面白くない時間をひたすら辛抱して過ごした。

四年生の秋には青野ヶ原の陸軍演習場の廠舎で泊まりがけの訓練。ここでの小銃の実弾射撃訓練は監的壕《かんてきごう》のある射撃場で一度行なわれた。一〇〇メートル？ほど離れた標的を撃つと、その下に潜んでいた者が命中状況を合図で知らせる仕掛けになっていたが、その経験もさせてくれた。

その時の勇姿？　はご覧の通りだが、昭和十二年七月盧溝橋事件に端を発した日中戦争により、愈々軍国ムードが高まっていたこともあり、皆身を引き締めて教練に励んだ。

やがて街では時に赤だすきをかけた出征兵士を送る行列が、そして時には白木の箱に入った戦死者の遺骨を迎える行列が目につくようになった。

秋田県　入道崎

雪の日でも沖からよく見える白黒縞の灯台が立つ

盛岡からＪＲ山田線で折からのすばらしい紅葉の渓流をめでながら、宮古へとやって来たのは、十月の半ば過ぎ。まず名勝**浄土ヶ浜**へ。宮古湾の青い海に一列に並ぶ大きな白い岩、その上には松の翠が生い茂る。いや、正に美しの浄土ヶ浜。三〇〇年ほど前の天和年間、霊鏡なる高僧が極楽浄土もかくやと感嘆したことからこの名が付いたと言うが誰しも同感。浜辺に腰を下ろし、しばらく美景を眺めてから今夜の宿、宮古国民休暇村へ向かう。

翌朝は三陸鉄道北リアス線の客となり、北を目指す。

さて、電車はおもむろに走りだしたが、すぐトンネルまたトンネルの連続。海の景色が次第に！と期待していたが、がっかり。だがこの線、レトロ好きの人にはこたえられないクラシック電車が宮古―久慈間を一日一往復走っている。天井にはシャンデリ

岩手県浄土ヶ浜

アが輝き、窓にはレースのカーテンが、そしてテーブルに椅子、おまけにワイン付きフランス料理が出るかどうかは聞き洩らしたが、何でも昔、横浜の博覧会場を優雅に走っていたものをゆずり受けた由。われ等はそんな電車があるとはツユ知らず、どこかの駅ですれ違い、あれは何だ?と聞いたら、カクカクシカジカという次第。

やがて普代《ふだい》駅に到着。駅前に「北緯四〇度東端の村」と大書した標柱が立つ。何? それがどうした? 何の意味だ? まあ文句を言わずに先を急げと大枚二三〇〇円をはずんでタクシーに乗り、名勝北山崎へ。

はるか眼下の太平洋に高さ二〇〇メートルもの大岸壁が延々八キロメートルも続き、大波が頂上の松にもとどけと砕け散る様は、まさに壮観。急いでこれを目とカメラに収め、今度は日本海に向かって東北横断の旅。

盛岡では南部氏の居城、不来方《こずかた》城跡を訪ねる。城内を巡ると、高い石垣から真紅の蔦紅葉が垂れ下り、静寂な古城の秋の深まりを見事に描き出している。啄木や賢治も屡々訪れたと聞くが真にむべなるかな。

盛岡で一泊。翌日は水深四二三メートルと日本一深い田沢湖へ。彼方に見える駒ヶ岳の爆発によってできたカルデラ湖だが、深いだけあって透明度も三〇メートル、湖水はルリ色のえも言われぬ美しさ。

次いで秋田へ。千秋公園久保田城跡を訪ね、本丸跡へのなだらかな坂の続く道をゆっく

秋田県　入道崎
雪の日でも沖からよく見える白黒縞の灯台が立つ

り散策。城内には御隅櫓《おすみやぐら》、美術館等がある。

　東北横断の終点は男鹿《おが》半島入道崎。バスを降り少し歩くと、なだらかな芝生の海岸段丘が次第に日本海に落ち、黒い岩が点々と続く。岬の突端に灯台はつきものだが、ここの灯台は白亜ではなく白黒のダンダラ模様。こんな灯台見たことない！と眺めていると、またつまらぬことを思い出す。〝白人のお方、クロ、まだら〟日本のさるお偉い方がどこやらの講演でのたまったセリフの由。ちなみにまだらとは黄色人種のことらしい。この白黒の縞模様の灯台は雪の日などは白亜より見えやすいという。と、頭を回らせば、またもや「北緯四〇度の地」なる標柱が目に入る。ハハン！これと普代村のをつなげてみると、オレはさしずめ北緯四〇度をかけぬけた横断男かと一人ニヤニヤ。馬鹿もいいとこ、ケチ旅行は忙し過ぎる。帰路は羽越線で三・五時間、車窓から海岸美を堪能し、新潟経由でわが家へ。

秋田県入道崎

〈海鳴り〉　太平洋戦争開戦前夜

帰途、車窓の眺めを楽しんだあとしばしまどろんでいると…そうだ、あの妙なセリフ〝白人のお方、クロ、まだら〟もしあれをあの頃やったとすれば大騒ぎ。何しろ巷の方々で、〝白人のみ栄えんがため亡びゆく、アジヤアジヤアジヤのみアジヤを救う〟などと言う勇ましい歌が聞かれたように、当時は日本中が大東亜建設だと沸きたっていた。

そんな世の中になる少し前、昭和十四年四月、私は旧制広島高等学校に入学し、寮生活を始めた。カーキー色の制服とゲートルが象徴する質実剛健の中学生生活から急に解放され、親元を離れて自由と自治がモットーの高校生活を楽しんだ。しかし日中戦争は次第に泥沼化の様相、欧州は大戦乱の巷と化していった。

昭和十四年五月　日ソ間にノモンハン事件発生。九月　独、ポーランド侵攻。英仏、独に宣戦布告。十五年六月　伊、英仏に宣戦布告。仏、独に降伏。

昭和十四年五月二十四日　ドイツ対英仏の対戦は目下ドイツ相当優勢。既に独軍は電撃作戦によりマジノラインを突破、パリへ七〇キロの地点へ迫り、一方、ドーバー海峡の要衝カレーを占領した。また空軍は近い内にロンドンを壊滅させせんものと待機している。支那方面の戦況、重慶への大空襲あり。

当時の日本はこうしたドイツ軍の勇ましい進撃ぶりの影響もあってか、親独ムードに溢れ、私等のドイツ語のテキストにはヒットラーの著書『マインカンプ＝わが闘争』が使われていた。

昭和十五年八月　独、英本土に本格的空襲開始。九月　日本軍北部仏領印度支那（現ベトナム）進駐。日独伊三国軍事同盟調印。十月　大政翼賛会結成。十一月　大日本産業報国会結成。

戦乱の影響は生活面にも次第に色濃く現れ始めた。街ではまず「甘いもの」が少なくなったが、まだ主食は何とか充足されていたので、食の面でさほど痛痒を感じることはなかった。しかし入学して約一年後、自由自治の寮生活は大きな打撃を蒙った。

八月三十一日　寮の新体制が決まって、従来の自由自治の制度は全く廃される事となった。なぜ廃さねばならぬか。為政者、当局者の意向を知りたいものだ。もう寮ではない。寄宿舎だ。その末期を見届けて、さっと引き上げる事とした。新体制実施の直後に退却とは、生徒課に後を見せるようで嫌な感じだが、意義のない所に意地を張っていても仕方がない。何の役にも立たぬだろう。こうして下宿を探すことになったがなかなかない。

私は舎監が常駐するようになった寮を出て、牛田近辺に下宿した。

また、私は入学当初から硬式庭球部に入っていたが、一年ほど経った頃からボールが配給制となり、私のような補欠選手は新しいボールを使わせてもらえず、使い古してほとんど毛がとれ、つるつるになったボールで練習に励んだ。しかしこうしたボールは、現今のテニスマンはご存じないと思うが、バウンドが甚だ強烈ですごいスピードで頭上高く跳ね飛んで来る。そのボールに、柳に蛙よろしく飛び付いて打ち返す有り様。ローンテニス等と言った優雅なイメージは微塵もない。而も、運動靴等も次第に姿を消し、鉢巻、ボロシャツに裸足《はだし》となれば何をかいわんやである。だが、こうして互いに大声で気合いをかけながらコートを駆け廻り汗をかく、結構楽しい思いであった。でもこうしたスポーツも漸《やが》て大きな波に呑み込まれていった。

昭和十六年三月　総動員法改正：統制令罰則強化。治安維持法改正：予防拘禁制採用。四月　生活必需物資統制令公布。日ソ中立条約調印。六月　独ソ開戦。

七月十四日　昨朝ラケット、バッグを手に勇んで駅へ向かったが、自転車で先に見送りに行った者が戻って来て、インターハイは全部中止になったと告げた。時局いよいよ重大性をおび、何等かの大事起らんとするのか、鉄道の輸送制限で駄目になったらしい。

この学校の配属将校は中学校と同様陸軍大佐であったが、この人物、昼間のみならず日が暮れてからも、教育熱心の余りか、時々和服に白足袋草履姿で繁華街に出没し、広高生がうろついていないか監視していたようだ。見付けると、この夜中に何をしているか、ととがめたり、翌日呼びつけて叱ったりした。

当時私はうかつにも、こうした配属将校の付けた**軍事教練の成績**が、将来軍隊へ入った時、己の将来にてきめんに影響することを知らなかった。後に知ったことだが、配属将校は各人毎に、語句は不確かだが、「将校適」だとか「下士官適」だとかの成績を付け、それが入営した軍隊へ通報された。この成績は特に陸軍の幹部候補生採用試験、さらにその甲乙区分試験、つまり将来見習士官そして少尉等と将校への道が予定される「甲種幹部候補生」または伍長そして軍曹等と下士官への道が予定される「乙種幹部候補生」とに区分するための試験の結果に大きく影響した。だからもっとも悪くすると幹部候補生に採用されないだけでなく、もともと、そうした試験を受けない者よりもなお、〝落ち幹〟等と言って冷遇されたという。

これも後に洩れ聞いたことだが、或る学校で配属将校の言動が余りにも穏当を欠くということで、その排斥運動が起こった結果、配属将校は更迭された。しかし彼は腹いせのためか、多くの生徒の軍事教練の成績に悪い点を付けたという噂が広がった。それを知った生徒の一部は〝おれは将来一兵卒で過ごすのは絶対に嫌だ〟と考え、そうした成績が余り影響しないと言われていた飛行予備学生を志願した。彼らの多くはそれに合格し、後に将校となり、特攻機に乗って出撃し、壮烈な戦死を遂げたという。何とも痛ましい話である。

兵庫県　和田岬
突端に勝海舟設計の巨大な砲台が座る

私の生まれ故郷、神戸の港の西にある**和田岬**はその昔、美しい風景で世に知られ、明治初期の版画にも岬での花見客の様子が描かれている。しかし私の少年時代にはすでに臨海工業地帯となり、その後周りの海の埋め立ても進んだので、岬の風景など昔語りとなっていた。だが私は全国の岬を回り歩くうちに、故郷のこの岬を一度訪れねばと思い立ち、先般所用で大阪に行った際、ちょっと足を伸ばして念願成就と相成る。

さて出発前に神戸のガイドブックを見ていると、小さなコラムに「和田岬砲台」とあり、「見学希望者は事前に和田岬町・三菱重工業KK神戸造船所総務課に電話を」とある。なに？砲台、ふーんああそうか、と一瞬閃いたのは前記の版画。岬の先端に下半分が土中に埋もれた巨大なドラム缶の化物のような奇妙な建物が。うん、あれがその砲台か？

神戸駅から二〇分ほどで会社に到着。名前を告げると「さあどうぞ」と若い女性が案内してくれる。なお和田岬一帯は明治末期にこの会社の敷地となったが、幕末に造られたこの砲台は国の史蹟に指定されていたので、会社はその保存や見学者の案内を任された由。そうなんです。何しろ大工場の中、車が縦横に走り、方々でクレーン等が動いていて、門外漢だけでは危なくて歩けない。懸命に彼女の後について二〇分、倉庫と樹木との間に黄褐色の砲台の頭が現れる。入口の前で彼女が美声で一席。この砲台は一八六四年（元治元年）黒船来航に伴い沿岸防備のため、幕命により勝海舟が設計、嘉納治郎作（講道館柔道の開祖嘉納治五郎の父）が建設を請負い、一年半の工期と二万五千両の工費で完成。外壁には御影石を、内側の構造部には欅材を用い、全体の直径は一五メートル高さは一一・五メートルの円筒型二階建である。中に入ると一階の側面には二〇センチ角ほどの角材で格子状に仕切った弾薬庫が並び、床の中央には直径二メートル、深さ五メートルほどの石造りの井戸がある。大砲は二階に一一門、屋上に一六門設置できるが実現はしなかった。

ところで、そう聞くとだれしも〃それは結構、戦争しなくて良かった〃と口先ではいうものの、腹の中で〃うん、二七門もの大砲が一斉に火を噴いてドカンドカンとやればさぞかし壮観！　どんな弾丸がどこ迄飛んだやら〃と興味津々に違いない。だがまてよ、一発撃つ毎に砲身をあの井戸で冷やすのだと彼女は言ったが、そんな悠長な事で戦《いくさ》ができるのか？　いざとなるとあの狭い砲台の中へ大勢の兵士が入り、一階から弾丸を上へ担ぎ上げるわ、屋上と二階ではドカンとやる毎に熱くなった砲身を下の井戸から汲み上げた水で冷やすわで、正に上を下への大騒動！　忽《たちま》ち全員ダウン！　では余りにも漫画チック。帰る道すがらこんなアホな活劇を頭に描いていると、ああ矢張り使わなくて良かったのでは。それはとも角、こうしてこの砲台は米軍の空襲や地震にも耐え、美しかった岬の面影と黒船来航の昔を今に伝えているのです。

私は和田岬を訪問した翌年、江戸時代に江川太郎左衛門が大砲を鋳造したという伊豆韮山の反射炉を訪ねた。勝海舟が和田岬の砲台にどんな大砲を据えようとしたのか、ぜひ知りたいと思ったからである。反射炉は一八五七年（安政四年）に造られたもので、日本に現在ほぼ完全な形で残っているのはここだけであり、造った大砲も保存されていると聞いていた。

だが行ってみると、反射炉はよく保存され、確かに一〇〇門以上の大砲が造られたと説明されていたが、大砲は数年前に造られた模型が置いてあるだけで、ここで造られた本物は残念ながらここにも、そして当初目的とした品川沖の台場（砲台）にもどこにも残っ

神戸市の和田岬にある砲台

ていないと聞いた。太平洋戦争中、金属不足で鋳潰されてしまったのだろう。

その代わりというか、もっと以前にどこかで造られた本物の臼砲が二門置いてあった。その名の通り、砲身はわずか五〇センチメートル、口径一五センチメートルほどの寸詰まりのような砲で、まず砲身に火薬を詰め、その前に砲丸投げ用のものに似た鉄丸を詰める。火薬の上の砲身には穴があり、ここから火を付けるのだが、わずか数メートルほどしか飛ばなかったという。まあコケオドシくらいには役立ったのかもしれない。

〈海鳴り〉 開戦

韮山から湯ヶ島温泉へ。湯舟に浸っていると、あの臼砲は玩具のようで全く役立たぬが、太郎左衛門が造った大砲はもっと高性能だったに違いない。それを太平洋戦争の時、和田岬の砲台に据えて…いや馬鹿馬鹿しい、やめよう。

昭和十六年七月　米、日本資産凍結。八月　対日石油輸出禁止。十月　東條内閣成立。

この頃から学校でも**防空演習**が開始され、我々は毎日ゲートルを巻き、広高報国隊の腕章を巻いて登校した。

兵庫県　和田岬
突端に勝海舟設計の巨大な砲台が座る

昭和十六年十月十五日　防空演習は去る十四日より二十日迄。燈火管制は完全なれど、バケツリレー等幼稚なる事多し。我が広高報国隊も連日活躍す。毎日ゲートルと腕章を付けて登校す。昨日は防空監視に当たり、三人で六時より七時迄小使室に勤務す。空襲警報ありたれど敵機来らず。この間講堂の屋上にて監視す。なかなか良い景色だった。三人はコート裏のいも畑で一仕事やり、暗夜を利して大収穫を上げ、山分けした。一人一五個ほどもあった。今日は小母さんにそれをふかしてもらい、鱈腹《たらふく》食った。水気があり甘味少しく足らぬがうまい。いもは今日勤労作業で全部掘ってしまった。大分方々で盗まれていたようだが、それでも大分とれた。

姉が送ってきた珍しいキャンデーやビスケットは既に食ってしまった。タバコ屋に菓子があったので買って食ったら、落雁に米ぬかの入ったようなもので、うまくない。全く菓子の払底だ。でも町へ行けばケーキが食えるからまだましだ。汁粉等甘いものは到底望めぬ。果物も一時ほんのしばらく柿やリンゴ、みかん等々を見たがまた全くなくなった。八百屋にあるのは松茸ばかり。大きな傘のやつがごろごろしている。今年は松茸の豊年らしい。

かくしてこの年十二月八日、日本は米英蘭華に宣戦布告。**太平洋戦争**に突入した。その日の朝、私は登校のため下宿から市電の停留所に向かって歩いていたが、近辺の家から

「帝国陸海軍は本八日未明、西太平洋において、米、英と戦闘状態に入れり」という大本営発表のラジオ放送が洩れてくるのを耳にした。私はいよいよ来たか、と身の引き締まる思いで道を急いだ。だが一般国民も子供の時から、日清日露の勝戦《かちいくさ》ばかりを聞かされた「ゆで蛙」、さあやれと拳を振り上げるのが大半。

学校では英会話の授業時間にアメリカ人教師に「ヤンキーゴーホーム」等と罵声を浴びせ、教壇に立ち往生させる始末。今にして思えば真にはしたなき子供じみた仕業だが、米英憎しと幼少期から叩き込まれ、開戦の報にのぼせ上がった果てのこと。彼はやがて交換船で帰国した。

十二月八日　日米英開戦。今朝戦争状態にある事が発表さる。
天皇陛下にはかしこくも今朝対米英宣戦布告された。遂に来るべきものが来た。爆発だ。
何たる感激、何たる興奮ぞ、ただ体中が熱し拳を握りしめるのみ。

それを我々は今に来るに違いないとは思いつつも、あたかも遠い将来の、或いは夢に見ている様な事に考えていた。現実の偉大な動きは今全てを清算し、新たなる生成発展へと進んでいる。此の未曾有の国難に際会し我々国民の一大団結が必至だ。我々学徒の本務を極めよ。

かしこくも宣戦の勅を拝した時のあの感激、一生忘れえぬ。昭和十六年十二月八日我が大日本帝国が幾十年の隠忍自重の末、遂に立つの止むなきに至り、決然堂々と剱を抜き放ったのである。世界の転換だ。正義の支配が行われるのだ。人類のために、世界のために、永遠の平和のために、我々はやるのだ！

昭和十六年十二月　ハワイ空襲。マレー半島上陸。独伊、対米宣戦。
昭和十七年一月　マニラ占領。二月シンガポール陥落。食糧管理法公布：食糧の国家管理実施。三月　ジャワ上陸。

三月八日　日本は強い、断然強い。我々自身こんなに強いとは思わなかった。米一国相手でも五分五分くらいに思っていた。それがどうだ。米英初め諸敵性国と戦って完璧の大勝利だ。

これには諸先輩の不眠の努力があったのだ。海軍の月月火水木金金の金言。これあればこそだ。陸軍また火を吐く決意。陸海空一致団結堂々の布陣。そして我々一億国民の総進軍、此の前には何の敵ぞこれあらん。

私は当時勢を増した日本の**北進南進論**に同調し、将来そうした外地での活躍を目指し、昭和十七年四月、京都大学農学部農林経済学科に入学し、洛北に下宿した。

国民は開戦後しばらく「大本営発表」の〝赫々たる戦果〟に酔いしれていたが、やがて空襲が始まった。外地での戦闘と異なり、これは国民の眼前で行われる戦闘なので、その結果を蔽い隠したり、敗北を勝利にすり替える術もなかった。

十七年四月　米機東京、名古屋、神戸等を空襲。翼賛選挙実施。ニューギニア上陸。

四月十九日　空襲警報。これは演習ではない。昨日一時頃遂に我国は侵された。開闢《かいびゃく》以来のことである。大東亜戦争開始以来当然あるべきものと思いながら、また一方でまさかと思っていた敵機は遂に来た。しかも真昼間に。東京、横浜は大分やられたらしい。他に神戸に一機、名古屋に二機、三重県四日市、和歌山等に来たとの事。京都にはサイレンは鳴ったが来なかったらしい。敵機は非常に高度から爆撃したらしい。そしてまた今日正午過ぎサイレンが鳴った。またまた、来襲だ。日本の防御陣はなめられたか、飛行隊は、高射砲隊はどうしたのか、また監視哨は。

兎に角少々興奮する。何かむしゃくしゃ、しゃくにさわる。深々と押し寄せる憤りの潮。全日本人は耐えねばならぬ。決心をこの事でいよいよ強固にせねばならぬ。

食糧不足もひたひたと進んでいた。それは必ずしも農業生産力の低下のみによるものではなく、既に国家による全面的な食糧管理が行われていたが、あるはずのものが何時しかどこかへ隠れてしまう。「物資隠匿」が大きな原因となっていた。

四月二十日　腹が減っては勉強ができぬ。勉強はしたいし、せねばならぬ。所が食う物がない。一方、体力を向上させねばならぬが、それには栄養をとらねばならぬ。運動せねばならぬ。所が運動すれば腹が減る。かくて我々の道は苦難の道である。それをうまく自分で管理して行く所に成功が与えられる。

四月二十一日　今また空襲警報が発令された。この家はおばあさんと子供だけだから、俺がおらねば駄目だ。これを書きながら二階で待機している。

生まれて初めての空襲の経験、それはまた敵に攻撃される直接の脅威を感じる最初の経験であり、消極的防御しかなしえぬ。我々は腕が鳴っても爆弾の落ちるのをただ待つのみ。心細いことだ。でも仕方がない、落ちたら落ちたときで、必死の働きあるのみ。また、これは直接死の恐怖を感じることだ。それはあまりピンとこないことだが、あり得ることだ。今死ねるものではない。俺はこれからの人間だ。今までは唯寄生してきた様なものだ。敵機はまだ来ぬ。五時一五分だ。

十七年六月　ミッドウェー海戦。八月　米軍がガダルカナル島上陸。

このミッドウェー海戦で日本は航空母艦四隻、重巡洋艦一隻、飛行機三二二機、兵員三五〇〇人等を失うという大敗を喫したが、その真相は海軍部内にも発表されず、国民への「大本営発表」は一艦喪失、一艦大破というものであった。事程左様に戦の真相は終戦に至るまで、国民の耳目から蔽い隠されたままであった。

ところで、いささか余談めくが、この写真はミッドウェー海戦で太平洋に沈んだ空母加賀が建造された時、加賀と同じ鉄で造られた建造記念の文鎮である。前にもふれたように、私の父が造船技術者であった関係でこの文鎮が今私の手元にあるのだが、この文鎮に刻まれた軍艦の姿は明らかに空母ではなく戦艦である。

軍艦加賀建造記念文鎮

一九〇七年（明治四〇年）、「帝国国防方針」に基づき、アメリカを仮想敵国としたいわゆる八八艦隊、即ち戦艦八隻、航空母艦八隻から成る日本海軍建艦計画が定められ着手された。にもかかわらず財政難等のため長い年月を経ても達成できず、大正十年一月、日、米、英、仏、伊等が参加したワシントン条約により海軍軍縮条約が定められ、日本の建艦計画は変更を余儀なくされた結果、戦艦として建造されていた加賀は止むなく空母に改造されてしまった。しかしこの文鎮までが改造されるはずもなく、文鎮ははからずも当初の戦艦加賀の面影を今に伝える結果となった。

なお、太平洋戦争が始まった頃には父はすでに神戸の造船会社を退職し、ピストルもいつしか見られなくなっていた。しかし次の職場の関係からか、終戦近くまで山陰地方の海岸に造船所を建造すべく奔走していた。米軍の爆撃で太平洋側の造船所の機能がほとんど壊滅したためであったが、父の努力が実る前に終戦となった。

父は戦後数年経って亡くなったが、私は後になって、父から造船や軍艦等の話をもっと聞いておけばよかった、とよく思った。私が聞きはぐれたのは、私が父とは全く畑違いの職業に就いたからでもあろうが、聞こうと思えばいつでも聞けると、つい聞かずに終わってしまったのだ。父と子の関係はそんなものかな、とも思う。

そんな中で唯一つ、父がよく「トップへビィの軍艦は駄目だ」と言っていたのを憶えている。私の推測だが、それは造船家が軍艦の船体を一生懸命立派に造っても、海軍がその艤装を欲ばり、大砲や様々な武器を沢山積載したがり、えてしてトップへビィの軍艦になってしまうと父が嘆いて言ったことではないか。そうした頭でっかちの軍艦は、大海へ出て交戦すると、舵の取り方、波浪の状況等によりわずかなことで横転してしまうのだ。

太平洋戦争中、度々の日米海戦で、加賀や摩耶を含め多くの日本の軍艦が海の藻屑《もくず》と消えたが、父のトップヘビィの嘆きは、自身が手掛けた軍艦への鎮魂の辞であったのかもしれない。

北海道　礼文島
北限の花の浮島、夏は楽天地だが

一三時一五分稚内を飛び立ったANK三六七便は利尻富士を左に見ながら、快晴の空をわずか二〇分で礼文空港に到着。

礼文島は日本海に浮かぶ**日本最北の島**。面積は約八二平方キロメートルで、南北に細長い。その名はアイヌ語のレブンシリ＝沖の島、に基づくという。向こうに見える利尻島は海中噴火によってできた火山島だが、礼文島は昔大陸の一部だったものが、新生代初期の温暖化により海面の上昇で離島となったと言われている。なお、昭和二十三年五月九日、金環日食があり、世界各国から観測隊がやって来たことで、世に知られた。島の中心香深《かふか》に近い地点に、その記念碑が立っている。

さて、空港からは民宿の出迎えの車で早速スコトン岬目指して北上。まだ午後二時前なので途中の景勝地ゴロタ岬を探勝すべく、その入り口で下車。

この岬の突端は一〇〇メートル近い断崖となって海中に没しているとのことだが、その真上まで行けるかどうかよく分からぬまま、背の低い灌木や美しい野草が咲き乱れる中を、展望台目指し急坂を登る。

登るほどに海からの強風に曝されて寒い。私は早速セーターを着込み、カイロを腹に入れる。この島では方々で高山植物が見られるが、それは、この島の最高地点が礼文岳頂上の四九〇メートルに過ぎないものの、前記のように早くから離島となったことで、北方系の植物が残され、また気候条件も適しているからで、北海道の最高峰大雪山なら標高一六〇〇メートル以上でないと見られない高山植物が育っている。

特に有名なレブンアツモリソウは天然記念物として保護繁殖が図られているが、花期は五月下旬～六月中旬なので、今回の七月中旬の旅では見られない。

しかし、このゴロタ岬もそういう植物の多い所、短い夏の日差しをいっぱいに受け、チシマゲンゲ、レブンソウ、エゾカンゾウ等と思われる色とりどりの花々が、その艶を競っている。しばらく休憩の後、浜沿いの小道へ下り、さらに北を目指す。

やがて車道に出てしばらく行くと、小さな集落に入り、青い壁にかわいい魚を描いた小学校や、山小屋ふうのしゃれたバス待合所の前を通る。向こうの駐車場に何台かの観光バスが停まっていて、大勢の客が出入りしている。その前がスコトン岬の売店だ。店の右の小道を少し下ると、いよいよスコトン岬の突端である。

そこは周囲に柵を巡らした三〇畳ほどの広場。「最北限の地スコトン岬」の標柱の向こうに、周囲四キロメートルほどの無人のトド島が手に取るように見える。この島には太陽電池を利用した無人の灯台が立っており、漁期には数戸の漁師が移住するという。また、冬にはトドが、夏にはゴマフアザラシがやって来る由。

青い空の下、白いウミネコの飛び交う中、しばらく沖を眺め四周を見渡し、〝われスコトン岬の突端に立つ〟の感慨をかみしめる。

日が少し傾き始めたので、五メートルほど後ろの崖下に建つ民宿『スコトン岬』へと、急な石段をそろそろと下る。海面から四、五メートルほどしかない地面に建つこの宿、まさに〝北限の岬〟の宿だ。なおスコトンとはアイヌ語で「深く入り込んだ谷のある入江」のことだそうで、その語感が甚だ面白いことも、「北限の岬」と共に我々がここを宿にと定めた動機の一つ。

わが部屋は二階。窓を開ければ海が一

北海道礼文島スコトン岬とトド島

望のもと。しばらくはそのすばらしい眺めと波の音にわれを忘れるが、余りにも海が近く、窓ガラスには波しぶきの跡が一面に点々と白く見え、荒天の時はどうなるのやら…と不安が胸をかすめる。

夕食だというので下の食堂へ行くと、この辺の名物生ウニが鉢一ぱい黄金色に輝き、諸々の山海の珍味がずらりと並ぶ豪華版。それに器がどれもそこいらの安物ではなく、厳選された品のよいもの。ご馳走を次々と有り難く頂戴しながら、ビールやコンブ焼酎の盃を傾け、やって来た甲斐があったと喜びをかみしめる。

翌朝まずスコトン売店で、とびきりうまいと定評のある〝最北の牛乳〟を飲み、「日本最北限訪問記念証」を買う。中を開くと、北緯四五度二七分四五秒とあり、礼文町観光協会のあいさつ文、そして美しいレブンアツモリソウとレブンウスユキソウの写真が印刷されている。なお、現況では日本の最北端は北緯四五度三一分一三秒の宗谷岬なので、ここではそれより数メートル南にあるスコトン岬を〝最北限〟の地と呼んでいる。

売店を出てバスに乗り、島の東南部にある最大の町、フェリーの発着する港、香深を目指す。今日は島の南部の景勝地探訪だ。香深を見物のあと、再びバスで峠を越え、西側の元地海岸へ。下車して少し北へ歩くと、波打際に地蔵岩が天を突くように立っている。高さ五〇メートル、巾数メートルの巨岩が垂直に屹立しているのだから、側へ寄るとその威容に圧倒される。この岩と五メートルほど離れた右側の山裾の岸壁との間から見える夕日の美しさは格別で、カメラマン垂涎のマトだというが、何月頃のことか。今の季節では日は地蔵岩の左側に沈むように思えるのだが…。

ところで、この地蔵岩の岩肌には縦に無数の細い溝があり、そこに沢山の貨幣が挟んである。十円、五円、一円、色々ある。なに、百円玉や五百円玉？　いや探してはみなかったが、あるかもね。挟んだ金が何倍にもなって返ってくると思う人もいるだろうからね。

辺りを見回しても岩だけで、神社はもちろん鳥居もないが、とにかく名前が地蔵岩だから己の願いを叶えてもらおうとやって来た人が、サイセンのつもりで挟んだものだろう。

よく見ると長らく風雨に曝され、多くは青サビだらけ、また随分高い所にも見える。まさか梯子は持って来られまいから、肩車にでも乗ったのか。また岩だけでなく、「地蔵岩」なる礼文町の標識板にも沢山挟まれている。その手前の説明板には「お願い」として「地蔵岩の標識や岩自体にはお金を挟まないで下さい。お金が粗末になるばかりか、岩がもろ

礼文島名勝地蔵岩

くなり危険です」と明記されているのだが。全く困ったものだ。

少し戻って昼食をと見回すと、海岸の野天にテーブルと椅子を並べ、傍らの店で若い夫婦がウチワで火をパタパタやりながら、しきりに何かを焼き、うまそうな匂いをまき散らしている。見ると、「トド串焼き」の文字がまず目に飛び込んだ。うん、あのトド島のトドだ。缶詰のは食ったことがあるが串焼きは初めて。よし、ここに決めたと席に付きビールから始める。

やがて焼きたてのトドや帆立の串焼、かぼちゃもちやじゃがいももち等々が運ばれてくる。そよ吹く浜風の中、柔らかい日差しの下、昼飯のうまかったこと。

次いでしばらく木彫りの店をひやかしたあと、バスで桃岩登山口へ。ここから急坂を、上の展望台目指して登る。遠望すると文字通り大きな桃の型に見えるこの丘一帯は、道の天然記念物に指定されている屈指のお花畑。美しい花々を訪ねながら登ると、あった！レブンウスユキソウ、ご存じエーデルワイスの仲間。雪の結晶のような型の雪色の花、ここ礼文町の町花ともなっている。頂上で大展望を満喫したあと、香深へ向かって細道を下る。

翌朝スコトン岬に別れを告げ、日本最北の湖、久種湖《くしゅ》の遊歩道や船泊町の海岸を散策したあと、礼文空港から帰途につく。

〈海鳴り〉　戦いの日々

稚内で羽田行きに乗り換え、北限の地から南へ列島を半分縦断。機上から暮れゆく島々を眺めていると、そうだ、あの戦争、最初の一年はまずまず勢いがよかったのだが…。

昭和十七年八月のガダルカナル島上陸から、米軍の**本格的反攻**が開始された。強力な土木機械を駆使して、飛行場をたちまち造り上げ、制空権を確保する戦術に、日本軍は敗退を余儀なくされることになった。

昭和十七年八月十三日　世界正に大動乱中にあり。此の結末を見ずしては死ねるものか、そして大日本帝国の大東亜建設に積極的活動をなしたいものだ。今はその準備期にある。昨日からの警戒管制でむし暑いこと。

八月三十日　腹が減っては勉強ができぬとは真理。えい、寝ちまえでムシャクシャしながら寝てしまう。

黒正教授は言った。英国の食糧は不足していない。彼等英国人は枢軸国を敗戦国と呼んでいる。日本人は旧来の陋習たる幕府気質、封建的気風に染まって、パンがあれば買えるだけ買う。自分の家にあり余っていても買う。英国人はそうでない。前大戦にこりた結果、自分に入用なだけ買う。こんな次第で日本には食糧の絶対量はありながら、相対的に欠乏しているのだと。

真に而り。タバコの買いだめ。現に俺がやっているのも確かにそうだ。これは真に日本の将来にとって良からぬ事。困った事とは言いながら、タバコにしても人が買いだめするから俺もそうせねば俺一人困る結果になる。だから仕方ない。半数以上が自覚して止めれば問題はないのであるが。

俺の日常を考え、他人の日常を観察しても確かに日本人には封建的な所が幾多ある。要するにそれは狭小な心、リンショクを起こす前提である。大にして言えば国家の前途を暗くするものである。

十一月十二日　弁当の飯を鍋に入れて煮て食った。今日も快晴風なし。俺は落ち着いている様である。洋の東西混沌として弾雨しきりなるに。然し平和の気分とは違う。いくら戦が盛んに行われていても離れると静が支配する。然し俺も年月がすぐにたって、卒業、入営、出征となるだろう。其の後はどうなるか分からぬ。南へ行きたい。一、二年前までは夢の国だった南洋も、今では近々と現実にその姿を現している。若し兵隊に行く事なかりせば、俺の前途は希望にふくらんでいるんだが。

然し兵となるはほとんど確定である。兵営生活の苦等は何でもない。大いに修養になる。要は死の恐怖だ。戦には常に死がつきまとう。生死の境は戦線即である。いくら生死を超越すると言っても、或いは御国のためではあるんだが、健全であるに越したことはない。唯生きて健やかに帰ればよいという消極的な祈りの姿にあわれにも縮まる。茫洋たる幾山河を越えての希望も、目前の偉大なるものに打ち消され勝ちだ。矢張り平和は最上だ。平和の為の戦とは言いながら、その戦の犠牲となる者は如何にして報われるのか。

人間はなぜ相剋するのか、自利の為か、今天地秋の気満ちて清々の境を現す。俺は陽光を浴びて窓辺に座っている。机上にミカン一つあり。時計の音、小学校のざわめき、階下の人の話し声、戸外の人の笑い声、全ては今かくある。十年後果たして俺はかかる境地にあり得るだろうか。山川草木のみ静々と万古不易の相を表し、人間其の間に生死交代する。俺は七十以上生きれば満足だ。勿論健全に。だが外的因子は強力である。内的因子の如何にするも除きえぬものがある。だが刹那主義には堕さぬ。やれるだけやって天命をまつのが俺だ。

大きなあくびをして天を眺める。小春日に白い空、大文字の上に白雲が行く。屋根が光っている。と爆音が聞こえた。現実の音とも言うべきか。人生の道程をつくづく眺めると妙味深々。できるだけ永く此の妙味を味わいたいのは人間の欲望である。俺は少なくとも戦線の生活迄は味わえる。

開戦から一年が経過し、戦時下の生活に何とかなれては来たが、次第に苦しさは増していった。戦況は当初の勢いは永続きせず、簡単にはゆかぬと観念するような気になってきた。

十二月八日　早くもここに回り来った十二月八日。我等一億日本人が眦を決して立った感激の日、もう一年経ったのか。

戦は続いた。激戦は夜も昼も、西に東に南に北に、海に陸に正に死闘、そして何れも我軍の大勝に終わった。だが敵も米英、強敵である。真の決戦はこれからだ。此所一年で山を越すとのこと。

九時より白き霜置く校庭で五千の我等学徒は宣戦の勅を奉読し、分列行進に意気を上げた。あの日の感激また新た。俺の心も次第に決然たるものとなって来た。俺は青年、あと二年で第一線へ。そしてそれも戦の調子でどうなるか分からぬ。或いは一年後か半年後か。今迄毎日を平和に暮らしてきたが、学校も来年あたりになると何時閉鎖になるかもしれぬ、との話も出る様になった。事は正に切迫しているのだ。

敵米英の学生は彼等の英雄主義により、銃をとって戦場に馳せているとのこと。ドイツも勿論だろう。そうだ、我々日本の学生も何時そうなるか分からぬ。そして何時そうなっても良い様に決心ができていなければならぬ。頼母しき我が日本よ。大御稜威《おおみいつ》の下、我等は征く、戦って勝って勝ち抜かねばならぬ。日ソの関係は全く変わらぬ様だ。妙な関係だ。インド、豪州はそのままだ。北阿の戦況は分からぬが、ドイツ危うしではなかろうか。

空襲は長い間ない。ないのが不思議だ。

岩手県　魹ガ崎（とどがさき）
映画「喜びも悲しみも幾歳月」の灯台が立つ

陸中海岸魹ガ崎と言っても知る人は希?、なに、魚に毛が生えるとトドになるのか、トドの串焼は…いや横道にそれるな、今、トドの話をする暇はない。

仙台から石巻へJRを乗り継ぎ、ここからバスで牡鹿《おしか》半島を縦断、鮎川へ向かう。バスは間もなく山道へ。紅葉はまだ走りの程度。眼下に小さな入江や漁港が見えたかと思うと、そこへ向かって急坂を下る。桃の浦、月の浦、荻の浜等と雅やかな名の集落が点々と続く。月の浦は慶長十八年藩主伊達政宗の命を受け、支倉常長が慶長遣欧使として多数の部下と共にローマ目指して出帆した由緒ある港。やがて鮎川港着。ここはかつての大捕鯨基地。宿は金華山を真向かいにした景勝の地に建つ国民宿舎コバルト荘。

玄関を入ると本物の抹香鯨の見事なイチモツが鎮座ましまし、誰しもアッと息を呑む。褐色で、長さはゆうに一・五メートルを超える。これが大海原で活躍する時は、うん、なに、バイアグラを思い出したって?　君はいい年して相当なものだね…。いやその話はまたのお楽しみとしよう。

翌日は花巻の宮沢賢治記念館へ。今年は彼の生誕一〇〇年目とあって大賑わい。彼のことは〝雨ニモ負ケズ〟の詩以外はよく知らなかった私、その多彩な業績に深く感心。その夜は盛岡のつなぎ温泉へ。

翌早朝急行バスで宮古へ。ここから重茂《おもえ》行きのバスで今回の旅の本命、本州最東端魹ガ崎を目指す。ここは数年前宮古まで来たが、二時間ほども山道を歩かねば、と聞いて断念したところ。しかし、後日さらに調べてみると少々強行軍だが頑張り次第、それにせっかく本州の東西南北最突端踏破をもくろみながら、**最東端**を欠いては事は完結せず、何で安らかに眠れようぞ！　と今回の壮途についた次第。

さて、一時間ほどで下車すると、民宿のご主人がお出迎え、直ちに車で魹ガ崎の入口へ。いよいよ登山？が始まる。折から曇り空、気温一五度と歩くには快適。木の間隠れの海を下に見ながら、山道の登り下りを繰り返す。

途中倒木に腰掛けて持参の駅弁をパクつき、また道を急ぐ。やがて広葉樹林から広い松林の中へ。五〇メートルほど行くと波の音と共に林の上に魹ガ崎灯台の白い頭がのぞく。と、急に視界がパッと開け、灯台と海が一気に目に飛び込む。

とうとう来た！　東経一四二度四分三五秒、本州最東端の碑を背にはるか彼方に目をやると、太平洋が弧

岩手県魹ガ崎

を描き、足下からは断崖に砕け散る怒濤が響く。しばし忘我の境…。

魹ガ崎灯台は一九〇二年（明治三十五年）初点灯。高さ三四メートルは東北一、光度一三四万カンデラ、光達距離三七キロメートルである。昭和三十一年灯台長夫人田中きよさんが発表した手記をもとに、有名な映画「喜びも悲しみも幾歳月」が製作上映された。ご記憶の方もあるのでは。

ひと休みの後灯台と碑に別れを告げ、帰途につく。少々疲れた頃、坂の下に迎えに来てくれた民宿の奥さんの笑顔が見えてやれやれ。その夜はとれたての魚やホヤの刺身、毛ガニ、帆立、イカ等の海々の珍味で乾杯。中でもマンボウの刺身は生まれて初めて。この辺の海でプカプカ浮かんでいるノンキ者、畳二枚ほどのでかいのも獲れる由。

翌日は陸中海岸の風光を楽しみながら、JRと三陸鉄道を乗り継ぎ、一ノ関から新幹線で東京へ。

〈海鳴り〉　激戦続く

岬の先端で太平洋の怒濤が逆巻く。向こう岸はアメリカだ。私はその日も**海鳴り**を聞いた。

開戦後二度目の正月。戦況は東西共いわゆる枢軸側が押され気味。ガダルカナル島では前年八月以来激戦が続いているがどうなるのか。スターリングラード攻撃中の独軍から勝利の報は届いていない。

親父は昔とった杵柄で艦船の竣工検査の仕事。次兄は三重の中部第三八部隊機関砲中隊の現役幹部候補生、正月の外泊で帰って来た。

昭和十八年一月三日　二泊三日の休みで帰って来た次兄も今日午過ぎ張切って元気に帰って行った。立派な兵隊になっている。来年は俺が行くのだ。そうだもう来年だ。すぐだ。学生時代は早くも終わりに近づいた。兵隊に行く、何とも言えぬ気持ちだろう。

兵営での生活、色々聞かされたが何としても体力をうんと増強しておかねば駄目だと思う。さあ今からだ。まだ春夏秋冬一廻り以上ある。やるなら今からだ。そして今の生活の総決算もがっちりとやっておかねばならぬ。全くぼやぼやできぬ。そしてまた、体力のみでなく精神力もだが、兵となる覚悟以上に一つの大理念をつかんで行きたい。円滑なる生活の運行の中に堂々の内容をもたせて今に見ていろだ。

一月五日　二年ほどたてば戦線へ行くことになろう。そうすれば生死五分五分と考える。事態悪化すれば死の割合はぐっと増える。前途今なお全く楽観を許さぬ。そうすると今後一年学問をしても何の役に立つかと考える。経済学而り語学而り、それよりも体を練り魂を練って、戦の用に備える方がよいとなる。そうすれば勿論今迄の学校生活は全くふいになる。戦場の土と化すれば今迄の学問は何の用もなさぬ。然し生き残ったとなった場合は、学問を以て国家に奉仕せねばならぬ。

結局将来は不明だから両方の準備がいる。つまり戦《いくさ》とその後のためのものである。こうして我等今日の日本の学生は、不安な落ち着かざる学問をしていることになるだろう。どうせ死ぬなら今から軍事教練をどしどしやった方がずっとましだ。

然し此所二年たてば戦局の山は越し見通しがつき、従って俺が運命にどう支配されるかも幾分わかるだろう。それは然し、あくまで時日経過の後の事である。

体力を練り、学問に精進すべきである。国のため死すべき時には勿論潔く死ぬが、なるべく生き残って、日本の将来の隆盛を共に喜びたい。また世界に活躍もしたい。是は理想である。いくらどんな事を言っても仕方ない。

二月　スターリングラードの独軍降伏。ガダルカナル島日本軍撤退完了。

四月三日　もう少し暇があればなあ、それより平和であればなああと思うこと屡々。戦は苦しいものだ。誰も好んでやるのではない。平和を欲する声は誰からも聞かれる。然し或る力に引かれて戦っているのだ。

俺もその力から全然逃れ得ぬ。だから仕方ないということ。やれるだけやるのだ。庭には椿、ヒヤシンス、水仙が、沈丁花が香を放って咲き乱れている。春の午後の美しさ。春雨に明け春雨に暮れる。

戦はどうなるのか。地球始まって以来の大戦乱、然し或いは人間界のたわ事かも知れぬが。人間の歴史始まって以来の最大事件を体験している俺、米英は巨大なる物質力で神国日本を呑まんとす。我々の信仰は強固そのものであるが、宇宙の真理は果たして信仰で解決されるものだろうか。精神力は次第にその威力を失って、今や物質力が打ち勝ったのではなかろうか。

何故人間は相争わねばならぬのか。発展の弁証法的契機に成るのであろうか。正に不可思議なる現象と思われるが、これも「勢力」に起因するという他、説明仕様がないであろう。彼の支那通の老人は、人間が空気を食って生きる様になればよい。科学がもっともっと進歩すればよいと言う。これに対し牧師は、そうなれば人間の堕落あるのみだと言う。人間の堕落とは何か、何を標準としての堕落であるのか。もしそれが堕落であるとしても、そうなった時は堕落ではなくなるに違いない。人間の観念は勢力に支配される。

物に追われる生活。これを打破しなければならぬ。それには進んで実行することだ。常に叫ぶ、一応の完成を遂げねば駄目だ。兵隊に行かねばならぬ。恐らく其頃も戦は続いている事であろう。死を覚悟して行かねばならぬ。

警戒警報が出た。今年になって初めてだ。いよいよ空襲の時期になったらしい。今年は必ず百以上の敵機が群り来るに違いない。嗚呼、思いは混迷する。人間あわれ何事をかなす。

四月七日　警戒警報はまだ解けぬ。空襲は何時行われるとも限らぬ。大規模なやつが来てみぬとピンと来ぬが、思えば今我々の生死はおぼつかないものだ。何時死に別れるか分からぬと思えば、会える人には早く会っておきたい様な切羽詰まった気持ちになる。これからは本当に緊張した生活をせねばならぬ。残念ながら旅行もできぬ。大戦下学徒の生活は苦しい。田舎も物が少なくなって来た様だ。都会より一期後に同じ事態が来る様だ。米実収高六千六百七十七万石余と発表さる。昨年は凶作だったので二割余増収との事。

当初大本営発表は景気のよい勝利の報告がほとんどであったが、十八年四月十八日山本連合艦隊司令長官の搭乗機が撃墜され、その戦死が発表されるに及んで、国民は冷水を浴びせられたような心地になったのではないか。その上さらに五月にはアッツ島守備隊の全滅玉砕が発表され、これは容易なことではない、という気持ちになるのを避けえなかった。

五月三十一日　アッツ島我軍全滅。傷病者にして闘いえざるものは自決し全軍討死。ああ悲壮、我等一億血涙をのみ必ず仇を討たん事を叫ぶ。ドイツまた芳しからず。全世界いよいよ決戦に入るの感、此の夏が山だと考えられもする。
大学は何時閉鎖になるか分からぬ。今まで悠々とやってきたのが妙にも考えられる。時来たらば勇躍俺も征く。覚悟はできている。

六月二十八日　親父はまた脚気で二、三日寝ていたらしいがもう大分良いらしい。然し心臓にも少々きているから、あまり無理をせぬ方が良いのじゃないか。もう何しろ御老体だから。親父も苦労人だ。もういい加減隠居してもいい時分だがなあ。でも今や船の需要は物凄いばかりだ。老骨に鞭打って働かれる親父の心も燃えたっているのだろう。近頃しきりに、学生よ立てと言わぬばかりにジャーナリズムが叫ぶ。今日始まったことではない。何時でも立つ覚悟は充分だ。我に途を与えよだ。でも少々言われ出した様に、中学校も高校も大学も同じ教練をやっていたのでは心細い。大学等では特殊技能を賦与すべきだ。毎日オイチニでは役に立たぬ。近代戦は科学戦たる事は言うをまたぬことだ。心身の鍛練は勿論必要極まるが、技能修得も今は大切。学校を出ればすぐ役立つように、何時戦に出ても働けるように。近代の経済機構が労働力を排除する様に、近代の戦争も人力を或る程度排除する。機械戦なのだ。然し学生に技術を教える人間、そのための設備の点はどうか、心細い事だ。戦時学徒動員の要綱はできた。進んで我等はやる。むしろ、その指導のあまりに遅きを嘆く。

静岡県　石廊崎

ここは伊豆半島最南端、太平洋の海鳴りが轟く

下田からバスで約二〇分、今夜の宿南伊豆国民休暇村へ。荷物を置き、海岸へ出ると弓ヶ浜がその名の通り白い弧を描いて美しい。その左に小さく突き出たタライ岬周辺の遊歩道をしばらく散策して宿へ。

翌朝伊豆半島最南端石廊崎へ向かう。ジャングルパークの横を通って十数分、やや太短い灯台が見えてくる。この石廊崎灯台は一八七一年（明治四年）木製八角型で地上から灯光まで六・一メートルのものが建てられたが暴風で大破、昭和八年現在のコンクリート製に建て替えられた。高さは地上一一・四メートルと低いが水面から灯光までは六〇メートル近くもあり、光度六万カンデラ、光達距離は三八キロメートルである。

岬の突端に出る。向こうは黒潮騒ぐ太平洋が果てしなく拡がり、点在する伊豆の小島が霞んで見え、左には相模灘、右には駿河湾、その向こうには三〇〇頭もの猿が住むという波勝岬が望まれる。しばらく空と海、岩礁と白波の織りなす絶景を楽しむ。

帰途、横浜八景園の大昆虫ワールドへ。お目当ては生きた外国産のでかいカブト虫。私は昔昆虫少年。子供のころ夏になると朝五時起床、近所の腕白数人と烏原水源池付近の裏山へ急いだ。勝手知った山道を分け入り、いつものクヌギ林へ。木を揺する、蹴飛ばす、

静岡県　石廊崎
ここは伊豆半島最南端、太平洋の海鳴りが轟く

木の穴をほじくる、皮の隙間を探る、根元を掘る…いやこの話をやり出すと切りがないのでこの辺でストップ。

さて、八景園の昆虫展では、まず外国産昆虫類の素晴らしい標本がずらりと並んでいる。続いて現れたのが生きたヘラクレスオオカブトとコーカサスオオカブト。触ってもよいというので手のひらに乗せ、うん、なるほど、日本のより大分重いなと、生まれて初めての生きた外国産大カブトの感触をしばし楽しむ。

ご承知と思うが、生きた外国産の昆虫は植物防疫法により、カマキリのように明らかに肉食のものを除き輸入が禁止されていたが、調査の結果日本の農林業に被害を及ぼす恐れがないと判断された昆虫については輸入ができるようになった。それはこの会場に掲示してあったポスターによれば、カブトムシ一五種、クワガタムシ三八種の由。なお農林水産省

静岡県石廊崎より

ではさらにカブトムシ等一三〇〇種について調査しており、その結果白と判定されたものは輸入できるようになるとのこと。

こうしたことはいずれにしろ昆虫ファンには楽しみが増えて喜ばしいことだが、日本の生態系に影響を及ぼす恐れはないのか、ちょっと心配。そうだ、それに日本のカブトムシでも卵、幼虫、成虫、そしてまた卵と一貫して飼育すれば結構面白い。リンゴ箱にクヌギやナラの落葉を三〇センチほど入れれば彼等の住居兼食糧倉庫は出来上がり。これに一つがいを入れ、あとは常に適当な湿気を保つよう時々水をかけること、幼虫の餌つまり落葉の補給を忘れないようにすればよい。

私はカブトムシのほか、山梨県の日野春で採取したオオクワガタの♂一匹を二年ほど飼育し観察してみた。このオオクワガタ、昼間の動作は鈍重そのもの。ついてものろのろ歩くだけ。ところが夜になると、飼育箱の底に入れてある枯葉の中から、いつの間にか這い出し、立ててある太いクヌギの切株にとりつき、その先端にかけてやった糖蜜目指し、触角や舌等を激しく動かし、六本の肢をほぼ水平に拡げて前後に急がしく動かしながら、滑るように一気に這い登る。その様は、川岸に寝そべっていたワニが突如起き上がり、土の上を滑るように突進し、水中の獲物めがけて飛び込み襲いかかる、そのスピード、その迫力にも負けぬほどのもの。これは凄いと驚き、彼等の世界での激しい生存競争の一端をかいま見る思いであった。

このオオクワガタの飼育は今日本でブームになっているらしい。飼育の目標は体長七センチ以上のでかいのを生み出すこと。餌にはカップ入りのゼリーを与える由。台湾でレース鳩のスタミナをつけるためコーリヤニンジンを与えているそうだが、これをオオクワガタの幼虫に食わせたら一〇センチもの巨大なのができた、てなことになるのでは。

なお、私は大阪の能勢近辺でオオクワガタの♀を探したが、なぜか見付からず、そのうちに♂はあの世行きとなってしまった。

静岡県　石廊崎
ここは伊豆半島最南端、太平洋の海鳴りが轟く

〈海鳴り〉　八ヶ岳中央修練農場の夏

帰途、今日は久し振りで珍しい昆虫を沢山見たな、特に生きた外国産カブト虫は初めてだ。うん、近頃は岬巡りばかりだが、昔は山歩きもよくしたな。最近ゴミ焼却場のダイオキシン騒ぎで有名になった大阪の能勢などは、オオクワガタ等の採れる昆虫のメッカだったが、変われば変わるもの、残念なことだ。そうだ、学生時代あの八ヶ岳農場で鍛えられたあと、徳本峠《とくごう》を昆虫採集しながら一日かかって登ったが、戦時中とは言え楽しい思い出になった。あの頂上で眺めた穂高の絶景は今もまぶたに残っている。

それは**太平洋戦争**が始まって一年半ほど経った、昭和十八年私が大学二年生の夏のこと。

当時のわが国は旧満州を植民地として開拓し、同時に対ソ連戦に備えるため、二〇万人以上の農家やその子弟を満蒙開拓団、或いは満蒙開拓青少年義勇軍として送り込んでいた。そのためこうした人達の訓練を主目的とし、全国に修練農場が造られ、信州八ヶ岳の中腹にはその幹部を養成するための中央修練農場が設けられていた。

私のいた大学では、私達農学部農林経済学科の学生にもこの農場の空気を吸わせておこうと、数年前から農場生活体験実習を行ってきた。宿舎は八紘舎とか日輪兵舎とかと呼ばれ、中央の太い柱を中心に、放射状に仕切りのないベッド兼居室用の板が張られ、屋根は円い菅笠のような型。

早朝四時三〇分起床。太鼓の合図で高原の冷気の中、宿舎の前を流れる小川のほとりで全員素裸になり、次の太鼓で一斉に川に飛び込み〝払い捨て―吹き捨て―〟等とわけの分からぬ神がかり的呪文を

八紘舎と農場実習生

静岡県　石廊崎
ここは伊豆半島最南端、太平洋の海鳴りが轟く

唱えながら、急所をはじめ全身を手の切れるような冷たい水で洗い流す。

　このミソギが終わると、場長を先頭に朝露滴る高原の道なき道を三〇分ほど駆け足。この場長、後に高知大学学長を務められた人だが、学生を遙かに上回る元気の塊のようなご仁、われわれは息を切らしてついて行くのが精一ぱい。終わってやっと朝食にありつく。献立はこの農場産のじゃがいもや麦飯と味噌汁タクアン。腹ペコのせいか、これが実にうまかった。

　それから作業開始。森林伐採、開墾、作物栽培等々。たまには近辺の農村調査や見学。そして昼食も夕食も主食はじゃがいもと麦。米もたまには口にするが玄米に近い。食糧不足の進む中、鱈腹食えれば大いに良しとした時代であった。

　ところで、中国残留孤児の肉親捜しは戦後六〇年近い今日でもまだ完了していない。私はこの人達の

八ヶ岳と農場風景、中央の人物は橋本教授、その右は久保場長

ことを聞く度に胸に迫るものを感じる。私は己が当時同調した国策に従って入植した満蒙開拓団の人達や、その遺児たるいわゆる残留孤児達がなめた長年の辛酸を思う時、実際に加担するには至らなかったが、かつて己が志したことに強く関連した彼等の苦労は、他人事とは思えない。毎年残留孤児達のニュースを聞くと、せめて何とか肉親が見付かればと思い、今後より幸福な生涯を送られるよう、切に祈るのである。

さて、この農場実習の終わる頃、私達全員が八ヶ岳の主峰赤岳（二八九九メートル）と中岳に登ったのだが、その時の体験や味わったスリルは、終生忘れ難いものとなった。

中でも赤岳山頂近くであったと思うが、下から冷たい強風が吹き上げる中、巾一メートルほどの岩場を五メートル以上にわたって四つん這いになって渡った時の恐怖は、今なお体に染みついている。また、この時の弁当はノリで巻いた大きな白米の握り飯が二コとタクアンであったと記憶しているが、石室で食ったそのうまさは天下一品、如何なる美食にも勝るものであった。

ただ残念ながら、この時ガスが相当立ちこめていて視界が悪く、せっかくの眺望を楽しむことは出来なかった。

さて、この頃、遅かれ早かれやがて軍隊へ、戦線へ向かわざるをえないという覚悟を固めつつあったわれわれ学生は、一方で本来の学問をどうするのか悩んだ。超然としていられる者は希であったと思われる。

昭和十八年八月一日　田舎の人にいくら都会の生活苦を話しても分からぬ。無理はない。それに今迄は都会の人が問題にしなかった田舎だから、今となって急に田舎の同情を得ようとしても無理だ。この家の田圃はよく出来ているようだったが、鉄道沿線はどうも稲の色が悪く不出来のようだった。

此の田舎にも飛行機工場が出来、少年航空兵学校が出来る。戦争なのだ。白米を存分食った。家の外米入りのと比べると、全然種類の違う食物の様な気がする。アブラゼミ、クマゼミが裏の広い庭のかんかん照りを、いやが上にも暑くして鳴いていた。

八月二十一日　ふと思う、来年は兵隊だ。あと一年のみだ。死ぬ覚悟、人にはもう立派にできているとは言うものの、内心確たる体系はできて居らぬ。知識人の宿命か、理論付けを欲求する。然し結局信念が事を決するのだと思う。何れ確然たる信念ができるに違いない。

一体今から何をなすべきなのか、常に思うことだ。思いつつ時は進む。大陸か島か…。こうして煙草をふかし思いにふける時が来るであろう。其の時果たしてこんな状態が思い浮かべられるであろうか。夜は静かである。天の川は流れ輝く。ラジオは浪花節を暗天にどなっている。秋の虫がもう奏で始めた。俺は風呂へ行って髪をさっと分けて、試験勉強にとりついた所。センチメンタルか。

軍医の義兄がまた病院船に乗るかも分からぬとの事。行く人帰る人、今日も遺骨を市電五輌一ぱい拝した。戦は続く。米英の宣伝も満更出鱈目ではあるまい。今に来るに違いない。どこまでもやりぬくんだ。民族の生死を賭して。勉強は進まぬ。将来を考えるとできたものではないが、万一を慮って頭を悩ます。

九月二日　雄兄が三十一日とうとう陸軍病院から帰って来た。せいぜい養生して早く元気になるといいが、とにかく少々動きすぎて見ていてはらはらする。肋膜と両肺尖だから少しひどい。でも元気でよくしゃべる。昨夕から警戒警報だ。果たして来るか。じりじり南も北も押されている。ドイツも押され通し、敵はイタリヤ本土へも上陸しかけて来たとの事。いよいよ悲壮になるばかり。

九月　イタリア無条件降伏。女子挺身隊動員。

九月二十二日　郷里の田舎へ食糧買出に昨日行って今日帰る。卵四十五、ハム一塊。ハムは実に三十一円二十銭。メリケン粉、ジャガイモ、小イモ、サツマイモ。何れも闇或いは持出禁止品。結核で寝ている兄の栄養補給のため等々の言い分はあるが、兎に角心苦しきものがある。特に俺はイモ類の持出等禁ずべき立場にありながら、自らそれを行う。忠ならんと欲すれば孝ならずの言、もう少し俺に良心あらば切々と胸を打つものなるを、その病のためか、或は世俗に溺るるためか、悪いとは思いつつも敢えてなさねばならぬ辛さ。大なる矛盾である。自らの例に依て人を推すは愚かしきこと甚だしきものがあるが、かくて食糧政策の困難さが思われるのである。のろわしき悪にして愚かなる事よ。卑怯者なり。

田舎の皆さん相変わらずだ。戦の間も田舎は静かに明暮れる。稲田は黄ばんで波打っている。秋は足早にやって来た。モズの裂帛の声も樹上に聞かれる。今日の涼しいこと。鳥取の地震は此の間の事。今度は中国地方一帯の水害だ。広島は大分やられたらしい。人間が戦っていても自然は容赦なく暴威をふるう。人為は一朝にして露の如く消える。でも人間は直ちに立ち直って再出発する。たたかれてもたたかれても生きてゆく人間、其の力の一等強い者が世界を征する。

一体、今から何をやろうか。此の一年だ。最後の青春の一年、自由の一年なのか。好きなことをやればよいと人は簡単に言う。勿論それはそうだが俺は一体何が好きなのか、何をやりたいのか、それさえも断定しかねる。やりたいことはいくらでもあって限りはない。

九月二十三日　いよいよ出た。徴兵延期の停止だ。然し我等は朗かだ。一点の曇りもない清き心はいよいよ清い。自らかく断言し得る幸福、皆征くのだ。此の聖戦に勝利を得るために、何時でも征くぞ覚悟は充分だ。唯来るべきもの来るの感のみ。あとは野となれ山となれ、兎に角勝つ事のみ、米英をたたき伏せるのみだ。
彼の所へ行き色々話す。午後再度山へ登る。山は良い。何時行っても良い。茶店が昔のまま、おやじも小母さんも変わらずにいる。大方十年振りで見る人の別に変わった所もないのが不思議。そろそろ色付き始めた木の葉、栗等拾って楽しむ。

愈々来たるべきものが来た。多くの学生は何時でもこいという覚悟はできていたつもりだったが、内心焦りを止めえず、何をなすべきなのかと悩んだに違いない。

九月二十五日　昨夜は彼の所でビール二本と酒四合ほど飲む。肝胆相照《かんたんあいて》らして語り飲み且つ食う。我等は一体何をすればよいのか、こんな状態では真に心もとない事だが迷わざるをえぬ。入営の一刻前まで書を繙くという様な事は俺にはできぬ。なにか矢張り残る事をなしておきたいのだ。だが今の此の状態とそんな短時間ではそれも無理だ。これまでやってきた事を一応一まとめする事位しかできない。それでいいのかもしれぬ。戦場では新しい人生が始まるのかも知れぬ。弁証法的発展を遂げ、飛躍して神に至るのだ。

九月二十八日　貴重な日は去っていく。行って再び帰らぬ。荏苒《じんぜん》時を過ごすのみ。なま暖かい日、ぬか雨が煙ったりする。腰痛の親父と静養中の兄と、家は大人四人ごろごろしている。碁を打ったりラジオを聞いたり、活気がない。たまに姉が来てしゃべっていく、これも或る日の事になる。

何かしよう、何をしようともがいてばかり。金縛りになった様で動けぬ。これからは勇往邁進、殻を踏み破る如く活発に行動せんと決心したのに何たるざまだ。

あれをしてもこれをしても、結局満足せぬだろう。そしてそのまま征くことになる。という見通しばかり先に立つ。無理もないことだが、勿論それでもいいが、でも今からそう決めてかかるには、あまりにも俺には欲が多過ぎる。征って帰らぬと決めてやるか、帰るものとして事をやるか。

九月三十日　早や九月も済んだ。秋も深まりゆくばかり。コオロギが夜通しすだく。久々に水源池をぶらついてみた。昆虫がほとんどいないのはさびしい。ウラギンシジミがちらちらと飛ぶ。ハギ、ススキが咲き乱れる。何時行っても良い所。でももうあまり行くこともあるまい。昔セミやクワガタ等をとりに行き来した所、思えばなつかしい事ばかり。

昨日明石へ行く。須磨の海は静かで美しい。何所に戦があるかと言わんばかり。でも日の丸をつけた船が通り、たまに軍艦も通る。

北海道　金比羅岬
明治の昔讃岐《さぬき》の本社からお札《ふだ》が流れ着いた由

まず星の話を少々。私は少年時代、星座の話を聞いて、へー、ヤマネコ座とかオトメ座とか、星はそんな色々な形を描いているのかと感心し、連夜空をあおいでその形を捜したが、いくら見てもそんな姿は見付からぬ。そこで二、三本を読んだ結果、どうもこの星座というのは昔西洋人が星を見ながら、星と星を色々と線でつないでみて、これはトカゲにちょっと似た形だからトカゲ座だ、これはカラスのようだからカラス座にしようと適当に決めたものらしいことが漸く分かってきた。なんだそんないい加減なものか、つまらん…で私は星から遠ざかってしまった。

ところが、先に「室戸岬」でふれたように、数年前、徳島県の金ケ崎にある「みとこ荘」の小型天文台カノープスで美しい土星の環や銀河を見せてもらい、その美しさにえらく感心し、おそぼけながら少々天文づいた次第。

そうした所へ第二弾。或る日の新聞の小さな囲み記事に〝星を売る〟欲しい人は北日本最大の望遠鏡のある北海道初山別村へ、とあった。ん？　一つ僅か五〇〇〇円であの天空に輝く星が我が物になる！　これは面白いと早速注文。目的は勿論私達二人の終の住家とするためである。こうして手に入れた星の名は、ヘルクレス座の My Lovely Star Of

Manno。ヘルクレスはご承知、ギリシア神話に登場する筋肉マン、男性の一つの理想像ともされている人物だが、私は直接彼に魅せられたわけではなく、「昔昆虫少年」の好みによるもの。ヘルクレスとは南米コロンビア等に棲む巨大カブト虫の名前、角の長さが七～八センチもある凄い奴。村の台帳には、この星のデーターが「星番号SAO66014、星座ヘルクレス座、位置赤経17h24・5m、赤緯+36°5′7・1」等と記載され、所有者として私の名が登録されている。そしてこの星の扉の鍵と、〝星に願いを〟なる、美しい音楽のCDも送られて来た。

ああ、どうやってその星へ行くかって？　心配ご無用、近頃はご承知の通り、やれ火星探査だ、それ木星行きだと、しきりにやってござるし、また例えばアメリカのシアトルにある冒険旅行会社は、二〇〇一年から、ロケットエンジン付きのスペース・クルーザーで行く宇宙旅行を九万八〇〇〇ドルで売り出し中だという。それに、昔から何やらと煙は高い所へ昇ると相場が決まっていります

北海道金比羅岬

よね。だから、うまくすればロハで行けるかも。そうそう、ついこの間も大金持ちのアメリカ人が、ロシアに二五億円払って宇宙ステーション旅行をしたじゃないですか。

なお私の登録番号は六二五。最近この村から送られて来た「マイスター通信」によれば、登録者は五〇〇〇人を越えた由。

さて、私達は先年の夏、マイスターに面会すべく初山別村を訪問した。旭川からバス、留萌経由三時間で到着。早速村長さんにご挨拶のあと金比羅岬の海岸へ。何でも一九〇七年（明治四〇年）頃のある朝、讃岐《さぬき》の金比羅さんのお札《ふだ》がこの海岸に流れついているのを漁師が見付け、附近の岩の上に小さな祠《ほこら》を建ててこのお札を祀った。するとそれまで近海で多発していた船の遭難事故が、以後ほとんどなくなった。その後、昭和二十八年に金比羅宮が新築され、毎年七月に盛大なお祭りが催されるという。岬の台地には赤白横縞模様の灯台が立ち、光度八五〇〇カンデラ、光達距離約三七キロメートルで日本海の霧や風雪から船舶を守っている。

その夜の宿「岬センター」に荷物を置き、周辺のみさき台公園を散策。ここは夏、ライダー天国になる由だが、そのため五五〇〇平方メートルものキャンプ場があり、面白い一本足のキノコ型やログタイプのバンガローが立ち並び、各種の施設や売店等もそろっている。

夕闇迫る頃、お目当ての天文台を訪問。台長さんから色々説明を伺い、六五センチ天体望遠鏡を覗《のぞ》かせてもらったが、残念、朝来の雲未だ晴れやらず、**マイスター**とのご対面は次回のお楽しみと相成った。

翌朝バスで日本海沿岸を北上。ロール型に固めた牧草が転がる広大な牧場や、延々と続く冬の強風除けに目を見張っているうちに、サロベツ原生花園に到着。夏季、南北二七キロメートル東西八キロメートルの広大な原野には、エゾカンゾウ、ワタスゲ、ミズバショウ、ヒオウギアヤメ等色とりどりの花が次々に咲き競う。探勝路を散策のあと稚内から帰途につく。

〈海鳴り〉出　陣

いい星が買えてよかった。ご対面はまたのお楽しみとなったが…ああそうだ、星は星でもあの**黄色い一つ星**の頃はえらく苦労したな…。
当時の**兵役法**では「帝国臣民タル男子ハ兵役法ノ定ムル所ニ依リ兵役ニ服ス…」と定められ、徴兵適齢期は満二〇歳とされていたが、学生は徴集を延期されていた。しかしその延期期間は昭和十六年に三カ月、十七年には六カ月短縮され、十八年九月、文科系学生についてはついに廃止されるに至り、いわゆる学徒出陣という事態が到来した。私はいよいよ来たか、やむを得ぬ、という気持ちであった。

昭和十八年十月二日 事は急であった。俺は驚かなかった。髪を刈った。遺髪を白封筒に収めた。写真もとった。十月二十五日から十一月五日迄に検査。十二月一日入営だ。何も思い残すことはない。今日よりは体を練って備えるのみ。優柔不断は許されぬ。男の生活あるのみ。征け征け、大和民族のために、俺は強い男である。

十月四日 三時より教練。気合いの入る事。熱心ならざるをえぬ。授業は十一月いっぱいまでやるとの事。教授もやらざるをえぬ状態で仕方なくやるのではなかろうか。出る気はせぬ。先生の顔を見てお別れする位だ。残っている農政、経営の試験はある様だがこれも気が入らぬ。

神国日本が興るか亡ぶかの時、我等学徒は決然立つ。全てを抛《なげう》って超越、そして偉大なるものへ、感激の朝だ。

俺は征きて還らぬ。壕から飛び出した瞬間、飛び来った弾丸に俺は倒れる。この状況は前々から俺の脳裏に浮かぶ。戦が終わり、何時の日か我々の同窓会が開かれた時、果たして我等の仲間の幾人が現れるであろうか。彼もあいつも散った。悲痛な沈黙の時が流れる。

願うは唯日本が、全日本人が正義を永遠に推し進めることだ。正義の大東亜、正義の世界が創られて初めて我等の死に甲斐があるのだ。秋風に丸刈頭をピチャピチャたたくと童心に還った。これで良いのだ。いよいよ決意は固い。

十月六日　学問の本が俺に他所他所《よそ》しい顔をしている。本屋も俺を何だか圧迫する様だ。それより前に俺は本を一擲《てき》したのだ。もう少し愛着を感じるかと思ったが、別段何も考えられぬ。本来勉強に向かぬたちなのか、でもあまりにも偉大なるものがやって来たためであろう。

十月七日　冷厳なる事実なり。あと五十四日、五十五日目は十二月一日、祝入営だ。敢闘、敢闘あるのみ、男なり男子なり、日本男子なり。願わくば軍隊のあくまで神聖にして愚劣ならざらん事を。軍隊にても理想の幻は破られるのではなかろうか、と色んな経験談や噂を聞いてはひそかにうれうるのは俺のみではなかろう。衆愚の集まりて神聖なる一体に化するは余程の事がなくてはならぬ。でも女々しき懐疑は許されぬ。現実直視邁進あるのみ。

さっきから屁が出て困る。大豆めしばかり食っているせいなり。

十月二十一日　秋深まりゆき寒くなってきた。でもしみじみと秋を味わうわけにもゆかぬ。一昨日いよいよ検査の通達書が来た。さすがに胸をつくものがある。一瞬腹に力がこもる。二十五、六日だ。それで今夕家へ帰った。どうしても一乙位にはなりたいものだ。冬十二月といえば一番寒さを感じる時だ。何時も一度は風邪に見舞われる。用心肝要だ。頑張るんだ。気合いさえ入っていれば大丈夫。力を抜いたらやられる。

昨夜は広高クラス壮行会を行う。貴船で酒一升をさげて、六人で大いに飲み大いに談ず。乾杯に我等が決意いや固し。友々よ征かん、元気で。矢張り高校の友は良い。寮歌を歌いストームをやり、山を下る。

人生は二三年にして終わるのだ。来年は戦線に立つのだ。短しと思えば短く、長しと思えば長し。永生を遂げるのだ。何の思い残す事もない。土より生れ土に帰る人間だ。心と心を接し腹を底まで割って語る。男のみの世界、そして我等学生のみの世界だ。そしてしかも我等は今戦に、死に赴くのだ。友よ友よ実際抱き合って何時までも離れたくない。そうだ心は永久に結んで離れぬのだ。

私は十月下旬郷里三重県で徴兵検査を受けた。まず体格検査、レントゲン検査等を受け、最後に軍医が白いゴム手袋をはめた手で、素裸の私の睾丸をグリグリと触り二個あるかを確かめ、次いで男根の根本から端へ向けギュッとしごいた。淋病、梅毒等の検査である。しばらくして徴兵官が大声で私の名前を呼び**第一乙種合格**と告げた。

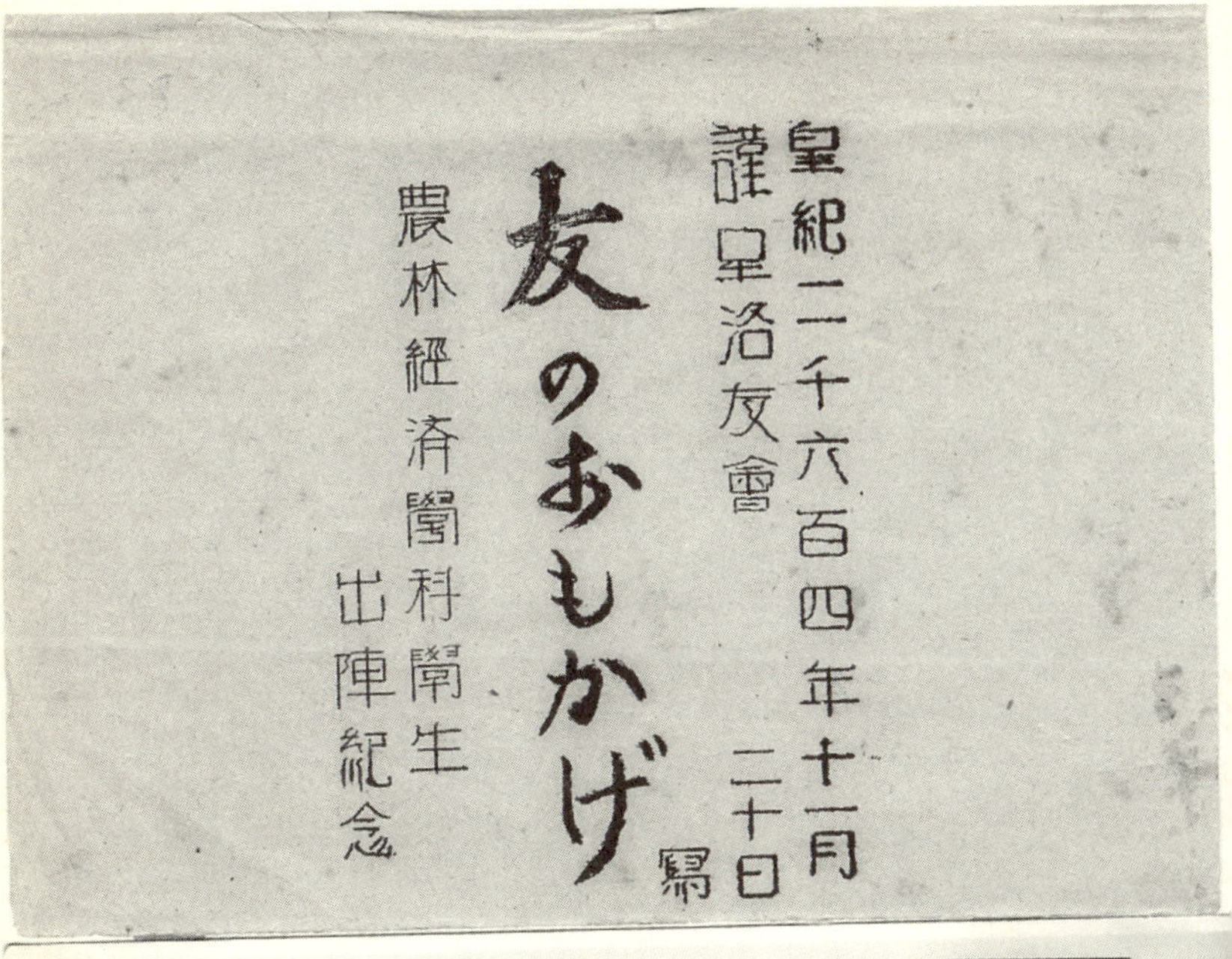

農学部農林経済学科、学徒出陣記念写真
最後列右から9人目が私

十月二十七日　「第一乙種合格」徴兵官の声は万雷の一時に落つるが如く俺の耳をうった。「ハッ、百一五番、萬濃誠三第一乙種合格」俺は直立不動、天にも響けと復唱した。感激の一瞬全ては決した。

連合軍の指導者ルーズベルト、チャーチル、蒋介石がカイロで十一月二十二日～二十七日、戦争指導会議を開催し、戦後の日本領土処理等に関するカイロ宣言を発表したが、もちろん我々の耳には届かなかった。

十一月東京で大東亜会議開催、大東亜共同宣言発表。米軍、ギルバート諸島のマキン・タラワに上陸、日本軍全滅。

十一月十四日　風邪はようやく治った様だ。昨日は京都へ行った。庭球部全員集まり、大津石山寺を逍遥し石場にて送別の宴を開く。折から十六夜の月湖の面を照らし、別れの盃に涙す。唯諸兄よ御元気でと念ずるのみ。

教室の窓辺の蔦の紅《くれない》を
振返りつつ学徒征くなり
学園の桐の枯葉の音たてて
落つるを聞きつ征く日待つなり

十一月二十二日　唯十二月一日を待つ。全ては決まった。中部第四二部隊へ入営を命ず。来た。現役証書だ。通信兵なのだ。思いがけない通信兵とは、全く無電の事等知らぬ俺だ。どうなるかと心配だ。大いにやり抜くぞ、何でも憶えてやる。兎に角この冬を越すのだ。旺盛なる元気でだ。

二十日、全学をあげての壮行式。我等出陣学徒の感激は此処に極まる。俺は一生この日の感激を忘れえぬ。

総長閣下の烈々たる、また懇篤《こんとく》なる送別の辞〝諸君よ征き給え、我等悠久の大義に生きん〟、そして残留学徒代表送別之辞、さらに出陣学徒代表決別之辞が凛乎として述べられた。君が代、海行かば。俺は感激して泣いた。ただ心の底からやるのだ、やるのだと叫ぶのみ。堂々の分列行進で式を閉じ、それより学内を整然たる歩調で行進し平安神宮へ参る。残留学生一同学内道路に整列し、万歳と拍手と歓呼して送ってくれた。感激だ、やるぞ、諸君御元気で後を頼む。俺は心から皆にそう叫んだ。学徒征く、出陣だ、出陣だ、我等今や君国の難を除くのだ。筆を捨て銃を執る。ああ何たる感激、何たる名誉。

午後農学部の壮行式あり。部長殿より送別の御言葉あり。農経三回生一同集まり、仮卒業証書と橋本先生始め諸先生が、我等一同健やかなれと心から励ましの言葉を書いて下さった日の丸を手に集まり、互いに手を固く固く握りしめ肩をたたき決別した。

広高のクラスの者とも決別した。検査結果丙で残る事になった友の残念そうな顔、真にお祭しした。心から兄等の一日も早く壮健になられん事を祈る。京都駅まで俺は送られて帰った。万歳を叫んで何時までも送ってくれた友よ、御元気で、俺は心に叫んだ。永久に会えぬ友よ、学び舎に机を並べた友よ、唯我等悠久の大義に生きん。
東に西に南に北に、下宿を引き払って、リュックを背負って出陣の学徒は散々に分かれて行った。何時また会えるとも分からぬ友よ、唯逞しく生き抜くんだ。

十一月二十七日 長兄応召。三度目の軍隊だ。二日入隊との事。北海道より帰られるは何日か、一度会いたい。
雄二兄よ御身体大切に、後を御願いする。

十一月二十八日 早や木枯が夜の窓をはたはたと打つ。うん、俺は唯やるのだ。征き征きて撃ちてし止まん。
今日家中挙げての壮行会、有難し。父上から。
大君の醜の御楯とたてまつる
我子の門出いざや祝わん
と贈らる。有難し。顧みれば二十余年の歳月は坦々と流れ去った。感無量、而して更に思い残す事なし。

かくして私は十二月一日、神戸の生家から町内の皆さんに日の丸と万歳で送られ、湊川神社に参拝して武運長久を祈願したあと、神戸駅でお別れし、中部第四二部隊へ入営。私は「うん、シニ部隊か、それもよかろう、どうせそうなるんだ」と苦笑しながら営門をくぐった。

昭和18年12月1日、中部第42部隊、学徒出陣兵入営記念写真
後ろから2列目右から6人目が私

山口県　毘沙ノ鼻（びしゃのはな）
あとで考えれば海から眺めた方が良かったのかも

本州**最西端の岬**は？　と聞かれて即答出来れば大した物知り。私は地図を見たり方々尋ねた挙句、やっとそれは下関市吉見町の「毘沙ノ鼻」だと分かった次第。

そこでぜひこの最西端探訪の旅をと考え、そのルートを市の吉見支所をはじめ、タクシー会社に至るまで電話で尋ねてみたが、どうも妙に〝奥歯に物的返事〟ばかり。かくなる上は現地解決乞うご期待、と直ちに出発し下関で一泊。

翌朝市役所に聞くと、環境センター吉母管理場で聞けとのこと。そこが何の施設で何の関係が？　電話すると、どうやらその中を通れば目的地に行けるらしい。

早速山陰線吉見駅へ。駅前からタクシーで一〇分、施設の入口で来意を告げ住所氏名を記帳したら「本州最西端の街・下関市」と刻んだスタンプを押した紙片をくれた。入場許可証だという。

さらに車で一〇〇メートルほどカラスが舞い飛ぶ中を海へ向かって走る。途中、見る目嗅ぐ鼻が活動。ああそうか、ここは市のゴミ処理場なのか、ウーンはるばるやって来たんだが…頭の中を渦が巻く。作業中の人に許可証を見せ、フェンスの扉を開けてもらって海岸へ出る。

「本州最西端の地」と刻んだ大きな碑が岩上に立つ。だがそれを目前にしても、あの〝岬に立つ〟の感慨は全く湧いてこない。そして方々尋ね回り、苦労してやっと来たのに、という思いと共に、あの時人々の返事が今一つ冴えなかったこと、タクシーの運転手に行き先を言ったら何か口ごもったこと、この施設の人々の態度が妙に丁重だったこと、さらには市の支所の人が、漁協が舟を出してくれるそうだから海の上から見たら、と言ったこと等々、今までどうも腑に落ちなかった諸々が一挙にストン！　といった感じ。同時に、美しい自然を壊してまでもこの施設を作らざるを得なかった人々の心情やことのイキサツを知らず、無理矢理恥部を見てしまったのでは？といった後悔の念も湧いて来て〝突端マニア〟も苦労するわいと、苦笑い。

この後、日本海側を北上し島根県で方々を見物。最後に仁摩町の「砂の博物館」へ。この博物館の建物は総てガラス張りで、高さ二一メートルの三角錐の本館はまるで銀のピラミッドのよう。

中に入ると、天井の鉄骨の間に世界一の一年計砂時計が見える。設計は同志社大学の三輪教授、ガラ

山口県毘沙ノ鼻と本州最西端の碑

ス容器はドイツのショット社製。高さ五・二メートル、直径一メートル、砂の重さ一トンという巨大なもの。その砂が一日当たり二七四〇グラム、一年がかりで上から下へと流れ落ちている。ふるいの装置で直径〇・一五ミリメートル以下にそろえた砂を〇・八四ミリメートルのノズルに通せば、詰まることなく一年かかって一トンの砂が落ちる、という結論を得るため、三輪教授は三年半も実験を繰り返されたという。

この一年計砂時計から推算すると、人生一〇〇年計は高さ一六メートル、直径四・六メートル、地球の歴史を刻む四六億年計は高さ五七〇三メートル、直径一六四九メートルの砂時計になるという。こんなのを作って、流れ落ちる砂の滝を眺めていれば、えろう長生きできまっせ！

このほかこの博物館には、サハラ砂漠やゴビ砂漠をはじめ世界各地の砂の標本が展示されていて興味深い。特に記憶に残ったのは東北某県産の蛙砂。ポリの円筒にこの砂と水を入れて振ると、ゲロゲロと大きな音を出す。鳴き砂の一種だが真にマカフシギな砂。何でも、山の中から掘り出すのだそうだ。一袋三〇〇〇円で売っていたが、家でやってみると、ウンともスンとも鳴かないのではなどと考えちょっと手が出ず、代わりの旅の土産は好物ワサビの茎の醤油漬。チクと一杯やるのに好適ですぞ。

帰りに、近くの琴ヶ浜に立ち寄り、鳴き砂の健在ぶりを確かめたくて、二人で砂浜をキュッキュッと何度も往復。そばでカモメが笑っていた。

砂博物館にある1年計砂時計

〈海鳴り〉　バッタ

しばらく砂の感触を楽しんでから、さあ駅へ急ごうと歩き出したとたん、足元の叢から何かが飛んだ。ん、バッタか、と思った瞬間、私の脳裡に潜んでいたある光景が展開する。

私が学徒出陣で中部第四二部隊へ入営した翌日、夜が明けると、たちまち罵声が飛ぶ。「お前等は今日から初年兵じゃ、早くしろ。何をもさもさしとる」「こらー、まだ学生のつもりか。ここは軍隊じゃ、なんじゃそのざまは」。この日はもっぱら内務班で隊内の日常生活についての教育。銃、衣服、寝具、日用品等々についての整理整頓、手入れの仕方等。

三日目の午後、銃を担いで近くの桃山練兵場へ。冷たい空っ風の中、初歩的訓練。終わって兵舎へ帰り着くと上等兵が「貴様ら、何をボケボケしとる、早く兵長殿のキャハンをとらんか」と怒鳴る。そして**バッタ**の光景が展開する。二、三人の同僚学徒兵がわれ先にとバッタの如く兵長の足に飛びつき、その前にひざまずいて彼の巻脚絆《まききゃはん》をほどいてやるのだ。滑稽、否、哀れな姿である。豪然と腕組みしてつっ立つ兵長。先を越されたもう一匹のバッタは近くで我々初年兵の行動を監視するように眺めていた上等兵の足に飛びつく。

私は彼らから白い目で見られようと、いくら殴られようと、絶対あんなことはしない、と心に期しなるべく目立たないよう、早々と兵舎に入る。この間まで、誇り高き大学生であった彼等が、ご機嫌取りのためあんなことまでするのか、私は何か甚だしい侮辱を感じたが、それ以上のことを考える余裕もなく飯上げ当番に走った。

兵長は軍隊のメシがうまくて仕方がない、といった男。彼にべったりくっついてゴマをする上等兵はわれらの教育掛次席、三番目は村で青年団長をしていたというしっかり者の一等兵、我々をそれとなくかばってくれる。自分の足にバッタが来ても「いや、俺はいい、早く舎内で自分のことをしろ」と促す。

この夜からビンタが始まった。「お前等はたるんどる、気合いを入れてやる。並べ、股を開け、メガネはずせ、歯を喰いしばれ」兵長が殴る。上等兵が、よし俺もと殴る。次の夜も「並べ」ときた。私は一瞬遅れ、上等兵にいきなり殴られ、メガネを三メートルほど向こうの部屋の隅に飛ばされた。慌てて床の上を這いつくばって捜すが、近眼の悲しさ、おまけに薄暗くてよく見えぬ。ようやく見つけて急いで列へ戻る。クソッ、三日月型の生臭坊主め、と殴られながら頭の中で叫ぶ。こんな屈辱の夜が何日も続く。〝シンペイサンハカワイソダネー。マタネテナクノカヨー〟と俗にいう消灯ラッパの音を聞きながら、冷たい寝台の毛布の中で〝これが天皇の軍隊か、あきれたものだ〟という思いが頭の中を駆け回る。

青森県　大間崎

海峡の温泉で五〇年目の極楽、ああいい湯だな

ここは本州最北端下北半島の大間崎。北緯四一度三三分の展望台に立つと、遙かに北海道が霞んで見える。津軽海峡をへだてて対岸汐首岬までわずか一九キロメートルである。

だが、この岬は海中に突き出た、いわゆる岬といった感じは少なく、わん曲して続く海岸線の一部のように思える。こういう所に灯台を建てるのはちょっと、ということか、大間崎灯台は北方約八〇〇メートルの沖合にある周囲四キロメートルの小島、弁天島に建っている。一九二一年（大正十年）初点灯、太い白黒の縞模様で高さ二五・四メートル。光度は一二万カンデラ、光達距離は三一・五キロメートルで津軽海峡の航行の安全を守っている。激しい風が海から吹き、九月の末というのに猛烈に寒い。何か白々とした陸海空の荒涼たる景色をカメラに収め、早々と引き揚げる。

バスで数十分、下風呂温泉に着く。バス停の前に「角長旅館」がある。ここが今夜の宿。井上靖の小説『海峡』の舞台となった古い旅館。特に頼んだわけではないが、早くから申し込んでいたためか、一号室の大きな部屋に通される。

主人が挨拶に来て、この部屋は井上先生の泊まられた部屋だという。早速妻が知ったかぶりで先生の賛辞。と、主人が文庫本の『海峡』を一冊進呈と持ってくる。調子のいいこ

と、ちとくすぐったい。

夕食は色々な刺身をはじめ、名産のホヤ、ホタテ貝、アワビ、エビにカニ等の山海ならぬ海々の珍味が山盛り。たらふくご馳走になって温泉へ。

廊下や階段のそこここに先生の色紙などが飾られている。古色豊かな風呂は、食塩硫化水素泉。傷・神経痛・水虫等に効があるという。

小説の一節「ああ湯が滲みてくる。本州の北の果ての海っぱたで、雪の降り積もる温泉旅館の浴槽に沈んで、俺は今硫黄の匂いを嗅いでいる…」を思い浮かべながら、じっと疲れをいやす。と、入口の戸がカタッと微かに鳴った。薄目を開けて見ると、誰かのぞいたよう。ん、あれはサル？北限の猿か、この下北半島はその住居。長野の猿は温泉好きと聞くが、この辺の猿もそうだろう。うん、猿といえば今まで方々でいろんな奴に出会ったな。あの岡山の山城、高梁《たかはし》城にいた桃太郎猿の子孫、彼らは今もあの城を守って出陣の時を待

青森県大間崎から弁天島の灯台を望む

っているのだ。それに北陸の白山渓谷で出会ったサル軍団。あれは初秋のある晴れた日、私は銘石探しに一人であの谷の上流へでかけた。

私はリュックを川岸の岩の上に置いて探石し、腹が減ったので昼飯にしようとリュックの方を見て驚いた。谷の向こうの林から数十匹もの野猿が枝伝いに、川を渡ってこちらへやって来そうな気配。しまった、リュックの中の弁当を狙われては大変。リュックまでの距離はどちらからも五〇メートルほど。〝どちらが先に駆けつくか、何とおっしゃる兎さん〟などと冗談をいっている余裕等、全くない。

音をたてぬよう、彼等の方を見て見ぬふりをしながら、リュックに辿り着き、そっとつかんで後ずさりしながら遠ざかる。だが彼らは幸い一向に無関心のよう。生まれて間もないような子猿が数匹、岩から谷川のよどみに飛び込んで泳いでいる。親は岩の上で互いに毛づくろい。のどかなものだ。昔の「深山野猿の図」でも見ているよう。さしずめ私は仙人ということか。

〈海鳴り〉　初年兵教育

うん、猿は面白い。それにしてもこれはいい湯だ、極楽だ。そうだ。五〇年目の極楽だ。今日の岬はずいぶん寒かったがあの時の桃山練兵場はもっと寒かった。

私が入営した中部第四二部隊は、別名師団通信隊という通り、野戦で師団傘下の各部隊が広く展開した場合に、主として師団司令部と各部隊間の無線による通信連絡に当たるのを任務としていた。だが入隊早々は毎日近くの桃山練兵場で銃を担いでの基礎訓練に明け暮れた。やることは以前学校でさんざんやってきた軍事教練のおさらいのようなことばかりで、全く面白味がない。

その上教官の少尉はいつも細い目の仏頂面で、幹候上がりのくせにいわば後輩に当たる我々が毎日兵舎に閉じ込められ、内務班で兵長や上等兵から辛い目に遭っているのを知っていながら、せめて営外に出た時にゆっくり外気を吸わせ、タバコ一服の休憩もさせてやろうといった配慮は全くない。助手の下士官や兵長を気にしているわけでもあるまいに、全くニスイ男だ。初冬の風の吹きさらしの中で、捧げ銃《つつ》立て銃《つつ》だの速足、駆け足だのと、無味乾燥の一日。

雨が降る日は講堂でこの教官の講話ということになる。その主な教科書は「陸海軍軍人に下し賜りたる勅諭」略して**軍人勅諭**。我が国の軍隊は、世々天皇の統率し給ふ所にぞある。…に始まり、長々と続く前文の終わりに、朕斯《ちんかく》も深く汝等軍人に望むなれば、猶 訓諭《おしえさと》すべきことこそあれ。いでや之を左に述べむ、とある。

そしてその内容として「一《ひとつ》、軍人は忠節を尽くすを本分とすべし。一、軍人は礼儀を正しくすべし。一、軍人は武勇を尚ぶべし。一、軍人は信義を重んずべし。一、軍人は質素を旨とすべし」の五カ条が示され、それぞれについてまた長い説明がついている。

この勅諭なるもの、一八八二年（明治十五年）、当時高揚しつつあった自由民権運動に備え、軍を天皇に直属させ、政治から軍を切り離して民権を軍の力で制圧する方針に従って、政府が定めたものという。後にも述べるように、軍隊内ではこの内容の一部が私的制裁の絶好の口実となり、それをはびこらせる結果を招き、我々も日夜その犠牲になった。

またこの文言をただ暗記させることが軍人教育なり、とはき違えられたため、このことにも我々は甚だしく苦しめられる結果となった。こうしたことに力を入れていたことが、日本の敗因の一つであるのは明白である。

さて、教官の講話はカタブツが堅い内容のものを材料にするのだから、当方はたまったものではない。その朗読や講釈、あるいは我々に五カ条を大声で唱えさせるなど。ただ早く時間の経つのを祈るばかりであった。

一月に入ってからは練兵場での歩兵的訓練はなくなり、通信兵としての本来の訓練たる通信修技が始まった。寒々とした講堂の中で、イトー、ロジョーホコー、ハーモニカ、…と唱えながらのモールス符号の暗記、カタカタと電鍵をたたく実技の初歩訓練がその主なもの。

やがて舎外で三号甲無線機を据え、レシーバーを耳につけ、ダイヤルを回しながら同調等の練習。ある日通信機材を背に担いでの夜間演習が行われた。京都市の周辺を徹夜で行軍しながら、時々通信の訓練をする。私も無線機を背負って行軍したが、長方形の重い鉄の箱が背中に食い込むようで、その痛いこと。

通信演習では地面に腹這いになったままで、手回しの大きな発電機を二人がかりで回すのだが、これも力の入れ方がむずかしく、長く続けるのは容易なことではなかった。

千葉県　野島埼
房総半島の突端、白亜の灯台に登ってみれば

京都南部の山城からここ房総半島のヘソの辺にその番人よろしく転居して早々、私は番人なら何よりも邸内に通じなければと、妻と共に半島一周に出発。

まずは突端野島埼へ。このあたりは年中花咲く桃源郷。岬では白い灯台が太平洋の青に映えて美しい。灯台の上へと入口で金八〇円を払い、ついでに窓口の女性に「観光ガイドにこの灯台はわが国**八灯台**の一つとあるが、その八灯台とは?」と尋ねた。わが旺盛なる知識欲のなせるわざであったが、答えはすげないもの。〝何だ、知らないの〃とノドから出かけるのをグッと飲み込み、上へ登って潮風に吹かれ、しばし大海原にうっとり。

やがて外へ出ようとすると背後から「もしもし、ちょっと」ときた。〝ギョッ、何か不都合なことでも?〃と振り返ると、くだんの女性が笑みを浮かべ「これをどうぞ」と玉手箱ならぬ八灯台についてのメモと「灯台のはなし」なるパンフを差し出す。意外な展開!その時彼女は一段と美しく見えた。〝たたけよ、さらば開かれん〃である。

かくして忽ち灯台博士と相成り、以下とうとうウンチクを傾けることになるはずだが。そのさわりを少々記すと、まず、かの八灯台とは一八六六年（慶応二年）に幕府が欧米諸国と結んだ条約に基づき、全国八カ所に設置された洋式灯台で、一八六九年（明治二年）

一月、神奈川県観音崎に、次いで同十二月この野島埼に、そして神奈川県劔崎、静岡県神子元島《みこもと》、和歌山県樫野崎、潮岬、鹿児島県佐多岬、長崎県伊王島に次々と設置された。なお、野島埼灯台は一九二三年（大正十二年）の関東大震災で倒壊し、大正十四年八月に改築された。

　また全国の灯台数は平成十一年三三四二基、うち最高は島根県の日御碕《ひのみさき》灯台で、地上から頂まで四三・七メートル、光達距離最長は兵庫県余部崎灯台で約七三キロメートル、光度の強い灯台は千葉県犬吠埼灯台ほか七基の二〇〇万カンデラ、といったところ。

　灯台を出て遊歩道を歩く。腰を下ろし暖かい日射しを浴びてそよ風に吹か

房総半島最南端野島埼

れ、のんびりと風光を楽しんでいると、いや、引越しには疲れたがいい所へ来たものだ。家から数時間でこんな素晴らしい景色の所に来られるとは、という想いが湧いてきた。とにかく、子や孫の住む東京の近辺へと引越したのだったが…。

〈海鳴り〉　靴磨き

またしばらく散策していると靴の具合が気になり、ちょっとしゃがんで紐を締め直す。と、うんそうだったな、あれほど馬鹿々々しいことはなかったな、と過ぎし日の軍隊での一場面が脳裡に浮かぶ。

私が**初年兵時代**に経験した昼間の訓練や夜のビンタについては先にふれたが、夜のシゴキについてもう少しふれておこう。

さて、昼間の訓練は全く面白くないが、耐え切れぬほどのものではなかった。だが夜の部は今思い出してもぞっとする。将校は営外居住者、つまり通勤者だから、当日週番士官で当直する者以外夜はいない。下士官は営外居住を許された古参の曹長以外は少し離れた下士官室にいて、点呼の時以外は特別の用のない限り内務班に来ることはない。だから夜の内務班は兵長や上等兵どもの天下。前に述べた**軍人勅諭**に、一、軍人は礼儀を正しくすべし。とあるのに続いて〃凡軍人には上元帥より下一卒に至るまで、其間に官職の階級ありて統属するのみならず、同列同級とても停年に新旧あれば、新任の者は旧任の者に服従すべきものぞ。下級の者は、上官の命を承ること、実は直に朕が命を承る義なりと心得よ。…とある。このくだりが災いの元。

上官の言うことにはそれが正しいことと思えなくても部下は**絶対服従**を強いられる。もし反抗でもしようものならたちまち営倉、陸軍監獄、そして死が待っている、といっても決してオーバーではない。反抗とまでゆかず反問あるいは意見を述べるだけでも直ちに「文句を言うな」と殴られるのがオチ。

先の条文の続きに〃又上級のものは下級の者に向ひ、聊《いささ》かも軽侮驕傲の振舞あるべからず。公務のために威厳を主とする時は格別なれども、其外は努めて懇《ねんごろ》に取扱い、慈愛を専一と心掛け、…とも書かれているのだが、こんな文句はとっくに忘れられ、〃何事も上官の命は朕の命と心得よ〃と書いてあるではないか、とくるから始末が悪い。だから夜になると内務班では兵長共のしたい放題。これは一つには、営内に閉じ込められた彼らの体内に溜った余分なもの、ウップンのはけ口でもある。その実態の一端だが。

夕飯の後片付けが済んでから夜の点呼までにほぼ二時間ほどある。通常この時間は各自が自由に学習したり便りを書いたり、あるいは物のあった時代には酒保でくつろいだりするのだが、私の初年兵時代はそんな話はどこの国のことかというようなもの。

　夕飯が済むとまず銃の手入れや靴磨き、これらは兵長や上等兵のもやらねばならぬ。それに衣服の修理や班内の掃除などに追われる。点呼の一時間程前になると毎夜必ずといってよいほど、初年兵は銃を持って集合とか、編上靴を持って並べとかの声がかかる。机の上に銃を置くと、兵長や上等兵が次々と検査をして回る。銃だと銃身とか銃口などの肝心な部分は一切見ないで、例えば銃床、つまり銃の尻の鉄板を止めるねじ釘の溝に土が詰まっていないか、と言ったことを見る。編上靴だと、紐を通す鳩目のある皮の裏側が汚れていないか、あるいは紐はきれいに洗ってあるかなどといった極めて些細なことを検査する。そこの手入れが必要なことかどうかはどうでもよく、要するにアナ捜しをして殴る口実を見付けようという魂胆。

　だから検査の後、引っかかった初年兵だけが殴られるわけではない。兵長どもの虫の居所にもよるらしいが、引っかかったのが数人であっても「お前ら初年兵はたるんどる。全員バッチだ」となることも屡々。そして「よし、初年兵は一列に並べ」とくる。殴り方は平手の場合が多いが、げんこつ、あるいは上靴《スリッパ》で殴る場合もある。

　すぐ怒って興奮する始末の悪い兵長がいたが、彼は「上靴の裏表を見せてやる」と叫びながら、上靴のかかとを握り、裏側で左頬を、次いで表側で右頬をといった具合に往復ビンタを喰らわす。ひどい時は一発でぶっ倒れる初年兵もいるが、倒れると「立て！」と叫び、立ち上がるとまた殴る。ふらつくと「ふらふらするな！」と叫び、また殴る。

こうして初年兵時代はほとんど毎夜殴られた。兵長どもはこのほか、銃の手入れが悪いと両手で銃を捧げ持ったまま長時間立たせておいたり、編上靴に泥が付いていたといって、その紐で左右の靴をつなぎ首にぶら下げさせ各内務班を回ってこいという。行った内務班では、意地の悪い上等兵らが「なんじゃお前は。何か悪いことでもしたのか。よし俺も殴ってやる」とまるでなぶりものにする。イジメは昔からあったのだ。

北海道　襟裳岬

雄大にして格調高い日本一の岬なり

美しい初夏の支笏湖に別れを告げ、苫小牧から日高本線に乗る。終点様似《さまに》までの三時間余り、のんびり行こうと窓外に目をやる。馬だ！　ここ日高地方は全国の八割を占める競走馬の大産地。牧場は一八〇を超すという。

サラブレッドの親子がタテガミをなびかせながら列車と競うように走る。思わず手を振っていると、往年職場でお目にかかった馬好きな先生方の顔が次々と目に浮かぶ。昼休みともなると、やれ皐月賞だ菊花賞だ、それハイセイコーだ、フィフティーンラブだと、時にはラジオを交えて賑やかなこと。今もやってござるのでは？　いや結構結構。どこやらでバクチの果て市長の座をパーにしたご仁に比べれば、まあ序二段というところか。

様似からバス、四〇分程で**襟裳岬**に到着。早速展望台から地の果てを眺める。これぞ長年夢見た襟裳岬。その美しく雄大な風格はまさに**日本一**！　先端近くに白亜の灯台が立つ。一八八九年（明治二十二年）設立、光度九〇万カンデラ、光達距離四二キロメートル。この辺の海では暖流と寒流が交錯し、特に五～八月には太平洋側一帯にしばしば濃霧が発生するので、この灯台には霧信号所や無線方向信号所も設置されている。

さらに足をのばして岬の先端六〇メートルの断崖に立つ。見はるかす海原には、黒々とした岩礁が列をなし飛沫をあげ、次第に波間に消えていく。見ているうちにあの岩にぜひ触れてみたい、という思いに駆られ急坂を下る。途中そこここにエゾカンゾウやハマナスなどの花々が咲き競い、芳香を放つ。浜辺に下り立ち海水に足を入れ、高さ三メートルもの岩に触れてみる。長年波浪風雪にもまれ、さすがに少し崩れかけている。〝おい、頑張れ〟と声をかけその背を叩く。沖の岩礁にはゼニガタアザラシが二〇〇頭程も住みついている由だが、肉眼では見えぬ。

やがて日高の山々に夕闇が迫る頃、宿への道を辿ると、地ならしをしている人に会う。昆布の干場作りだ。日高昆布の収穫期は近い。宿へは一分とか

北海道襟裳岬突端

からぬ。「岬に立つ」だけではなく「岬に寝る」のもオツなもの。この宿はそれに最適、しかも家族経営の静かな宿。若奥さんが山海の幸を運んできて、これが花咲ガニ、これが地元で捕れる北海エビ…と説明してくれる。かくて美酒に酔い寝込んだ丑ミツ時、〝ボーボーボー〟霧笛だ。

翌朝、展望台に登ってみて驚いた。一メートル先も見えぬ、牛乳を流したような濃霧。観光バスで来たツアーの客は何も見えず、ブツブツ呟きながら引き揚げていく。気の毒に、と思いながらも昨日の美景を思い浮かべて、何やらえらく得をしたような気になる己の浅ハカさ。だがこのオハチはすぐ己に回ってきた。

北海道地球岬灯台（恵山岬のタイル画）

この日室蘭へ。時間がないのでタクシーをはずみ、第二の目玉、地球岬に到着。だが、ここも全く牛乳風呂の中。岬はおろか目の前にあるはずの灯台さえ見えぬ。

早々に諦め洞爺湖に行くと、湖はともかく昭和新山の頂は雲の中、次の日ご期待の函館の夜景は登山電車運休でパー。うさばらしに朝市でどんと買い物をして帰宅となった次第。

〈海鳴り〉　馬とのかかわり

〝さすが日高は名馬の里、素人目にもいい馬ばかりだったな。それに比べ…〟と私は帰途、津軽海峡を見下ろしながら、昔とった杵柄ならぬ手綱を思い出した。

私が**初年兵**として入営した師団通信隊には無線機や発電機などの通信機材運搬用の車輛を引かせる輓馬や、将校用の乗馬が合わせて三〇頭ほど部隊内で常に飼われていた。で、私がこれらの馬とどう係わったか。

「初年兵は水飼《すいがい》に出よ」朝の点呼が終わるや否や、上等兵が怒鳴る。われ等は一斉に厩へ走る。一人が一頭ずつ馬の手綱をとり、五〇メートルほど離れた水飲場まで連れてゆき水を飲ませるのだ。乗馬の世話は当番兵がやるので、われらがかかわるのは輓馬ばかり。これらの馬は概してずんぐりした体型、それに蹴る、噛みつく、抱きつくなどくせの悪い馬が多いと聞かされていたので、馬にふれたことがない私などはビクビクもの。それに馬とウマク歩調を合わせないと脚で踏まれることがある。一度やられたが、厚い皮の編上靴《へんじょうか》の上からでもその痛いこと。この野郎と思ったが、何しろ、お前等より馬の方が大事なのだ、と本気で言っている上等兵の顔を見て、じっと我慢の子。

厩の**不寝番**も時々やらされる。夜二時間交替。馬が糞を踏んづけると、蹄《てい》さ腐《ふ》乱《らん》を起こす恐れが多いから、糞は直ちに掃除せねばならぬのだが、時によってあちらでもこちらでもポタポタということがある。その掃除に気をとられていると、後ろの方からトコトコと蹄の音。はっとして振り返るとどうだ。いつの間にか綱がはずれ、馬が外へ出ていこうとしている。大慌てで前へ廻りこわごわつかまえて連れ戻す。若し気付くのが遅れると、馬は広い営庭を夜中に駆け廻るということになる。これを放馬《ほうば》と呼んでいたが、こうなると初年兵の手には負えず、厩専門の上等兵を起こしに走らねばならぬ。それでも彼が寝ている場所を憶えていればよいが、不意のことに慌てて暗い兵舎内をうろうろすると始末が悪い。カッパカッパと夜のしじまに響く蹄の音に、なにごとぞと周囲の兵舎からヤジ馬が飛び出してきて見物に及ぶ。やっと厩上等兵を起こすと、彼はぶつぶつ言いながら、走る馬の手綱に飛び付き、引きずられながらも何とかとり押さえ、一件落着となるのだが、不寝番にとってはその後が怖い。厩上等兵にはえてして気の荒いオッサンが多いからだ。

馬に関しては、このほか病気や怪我で入院している馬、これを入厩馬《にゅうきゅうば》と呼ぶのだが、その不寝番がある。これは半夜交替と時間が長いので、厩の中で椅子に座って勤務する。馬は一頭か二頭だから、暴れでもしなければさしてすることがないので、うっかりこくりこくりやりかねない。もしそんなところへ運悪く週番士官が巡回してきて見付かると、とんでもないことになる。私の場合は真冬の寒さで居眠りどころではなかったので、週番士官がやってきたが、直ちに直立不動「入厩馬不寝番異常ありません」「よしご苦労」とうまくやった。

決められた仕事といえば検温。三〇センチほどの検温器を馬の尻の穴に入れて計るのだが、蹴られやしないかとびくびくもの。馬も変なものを尻に入れられるのだから、気持ちが悪いに違いない。おまけに病気や怪我をしている馬だから、なおのことご機嫌悪いはず。だが私の時の馬は病気の癒《なお》りかけだったせいか、なにごともなくてすんだ。

千葉県　太東崎

北の刑部岬から南下した九十九里浜の終着点がこの崎

房総半島太平洋側のほぼ中央、九十九里浜が絶える所に太東崎がある。ＪＲ太東駅で下車、歩けば四〇分余と聞いたが、行きはタクシーに乗る。岬近くで曲りくねった坂をしばらく登り、灯台の立つ丘の上へ。すぐ前は崖が鋭く海に切れ落ち、向こうには太平洋が果てしなく広がる。崖の手前には柵が巡らされ、注意書に「危険ですから柵の前には絶対に出ないで下さい」とある。そう言われると、うん、何があるんだろうと柵を越えて下を覗いてみたくなるのが私の悪い癖。アマノジャクかオッチョコチョイか。

先年アイルランドのモハーの断崖を見物に行った時のこと。ああこれが噂の二〇〇メートルの断崖か、凄い！　大迫力だ。ぜひあのテッペンから真下を覗いてみたいと、しばらく丘の頂上へ向かって登ってから一行をやり過ごし、道のそばの石垣を乗り越え、断崖が海へ落ちる五〇センチほど手前で腹這いになり、少しずつにじり寄る。

下が見えた。遙か真下に濃紺の海、岩と白波、そして白い鳥が飛ぶ。二メートルほど下には可憐な桃色の花が。カメラを両手でしっかりと握り前へ差し出す。ファインダーを覗くには顔も突き出さねば、と思ったがそれが恐くてできぬ。時間がない、何とか三回ほどシャッターを切り、一息ついてじっと下を見る。砕け散る白波が見えるが、音は全く聞こ

千葉県　太東崎
北の刑部岬から南下した九十九里浜の終着点がこの崎

えない。強風がまともに吹き荒れているはずだが、こうして伏せっていると全く感じないし、その音も聞こえない。静寂そのものだ。昨日ドゥーン・エーンガスの上から一〇〇メートルの断崖の下を同じように覗いた時には、微かに波の音が聞こえたように思ったが、二〇〇メートルではさすがに違う。この不思議な静寂！

よし、時間だと立ち上がり、もう一度大西洋に延々と続く大断崖を目に焼き付けてから、道に出て歩きはじめると、添乗員が待っていて、「まんのうさん、駄目ですよ。さっき言ったでしょ。危ないから絶対にあんなことはおやめ下さい」と真顔で言う。しまった、やっぱり見られてしまったか。そうだ。先刻の彼女の話

九十九里浜から太東崎を望む

では、向こうに見える断崖の頂上から三メートルほど下にある回廊状の道を、数年前に日本の若者が歩いていて転落死したそうだ。もちろんその話を憶えてはいたものの、この機は逃せない。このツアーに参加したのは、あれをやりたかったからですよ、と彼女に言いたかったが、ぐっと飲み込んで頂上へ向かって歩き出した。

でもこの太東崎はせいぜい数十メートルの崖、それに添乗員ならぬ妻が睨んでいる。で、ヤーメタと相成る。振り返ると白亜の灯台が色とりどりのコスモスの花に囲まれて輝いている。そよ風の中、傍のベンチで缶ビールとおにぎりの昼食。ここから南へ少し下れば、一九二〇年（大正九年）、日本で国の天然記念物第一号に指定されたという「太東海浜植物群落」がある。ハマヒルガオ、スカシユリ、ハマエンドウなどの貴重な海浜植物が多数観察できる由。今日は時間がないのでまた来ることにして、丘を下り駅へ向かって歩く。マンジュシャゲやボケ、フヨウなどが今を盛りと咲き競う中、一時間ほどかかって駅へ。大網駅でバスに乗り換え、九十九里浜に最近オープンした国民宿舎「サンライズ九十九里」へ。

しばらく浜辺を歩く。この浜は北は刑部岬から南は先程の太東崎まで、六六キロメートルの日本一長い砂浜。昔、源頼朝がこの地に来た時、その長さに驚き、部下に命じて一里ごとに矢を立てさせたところ、九十九本目で浜が終わったので、この浜を九十九里矢立浦と名付けたという伝説があり、その名のゆえんとなっている。なおこの浜の中ほど、蓮沼村に頼朝を祀った矢指神社がある。

千葉県　太東崎
北の刑部岬から南下した九十九里浜の終着点がこの崎

翌朝、歌にある〝あした浜辺をさまよえば…〟と美しい浜辺をしばらく散策し帰途につく。

〈海鳴り〉　面　会

浜辺をさまよい〝昔のことぞ偲ばるる〟と口ずさむうちに、いつしか局面が変わっていった。

私が京都の部隊へ入営して約一カ月過ぎた一月三日に、**面会**が許された。あらかじめ各人から葉書でその旨通知してあったので、当日十時頃になると大勢の親兄弟達が舎前に案内されてきた。それと見た我々初年兵は適宜植込みの間などに親達を誘導して座り込んだ。

私には神戸から四歳上の次兄が来てくれた。彼は歩兵第三八部隊に入隊し幹部候補生となったが、張り切り過ぎたのか胸を患い、入院の末兵役免除となり、家で療養に努めていた。しかし面会に来てくれた頃は順調に回復し、元気そうであった。

ところで、初年兵にとって面会の目的は、何よりも食うことにあった。もちろん、飲食物の営内持込みは禁止の旨、葉書に書かれていたが、そこは以心伝心。親達は重箱にご馳走を詰め込み、風呂敷包みにして目立たぬよう、後ろ手にもって営門を通る。衛兵も己が以前経験したことでもあり、見て見ぬふり。

だが、わが兄は葉書の文言をまともに読んだか、それとも都会では食糧難が深刻化していたためか、茹で卵を五つばかりポケットに忍ばせて来ただけ。これには私もがっかりだったが、それを見てとった兄は持参していた自分の弁当箱をあけ、私に全部食べろと言う。おかずはなんであったか忘れてしまったが、飯はたしか白米に近いもの。直ちに有り難く全部平らげた。一息ついて辺りを見渡すと、ほとんどの初年兵が何かまだぱくついている。と、向こうの方で私が親しくしていた戦友が手招きしている。兄にちょっと断って行くと、オハギを食えという。甘いものに飢えていた私、これ幸いと握り拳ほどのでかいのを二つばかり頂戴に及び、さすがに満腹して兄の所へ戻った。

かくしてこの日ばかりは夕飯時にガツガツする者は一人もいなかったし、中には何も食わなかった者もいたようだ。なお面会の後、班内で兵長や上等兵に何か食い物を献上した者もあったようだが、他の連中は見て見ぬふりだった。

その後、次兄は我が家の庭を畑に変え、食糧増産に努めていたが、そのための疲労などで病が悪化し、終戦前の冬に帰らぬ人となった。私は今もあの面会の日のことを思い出し、兄はあの日、家へ帰るまで何も食べなかったのでは、と暗い思いに沈むのである。

北海道　恵山岬（えさんみさき）
窓を開ければ灯台が見える…ただし見えない時もある

大沼公園をしばらく散策してから広場で休憩。沼のそばのマイクが観光船の出発時刻をがなる。向こうではイカ焼きをどうぞと叫ぶ。その中を旗を先頭にツアー一行がぞろぞろとやって来て、記念写真用の看板の前に並び、ハイチーズ。夏の北海道はどこへ行っても賑やかだ。

椴法華《とどほっけ》行きのバスに乗る。駒ヶ岳の裾を通ると「避難路」の赤い表示が目につく。鹿部で乗換え太平洋沿岸を南下。小さな漁村と漁港が連なる中、時に白波をたてる岩礁や面白い形の岩壁が目を楽しませてくれる。一時間余で椴法華村の役場に到着。村営ホテル・ケープに連絡すると、やがてきびきびとした青年がワゴン車で出迎えてくれた。ホテルは恵山岬の小高い所にあり、内外ともこぢんまりとして瀟洒な造り。

さて、部屋へ入り窓を開けてみて驚いた。目の前数十メートルの所に**白亜の灯台**が！いやーあのブルース〝窓を開ければ港が見える…〟じゃなくて〝灯台が見える…〟だな。バックは碧い海、何と素晴らしい景色、そして素晴らしい部屋。しばらく眺めてからホテルを出る。少し下ると恵山岬灯台公園。遊具やベンチなどが整備されている。赤白黄色の美しい花が咲く中をさらに下ると灯台、そして海。彼方に目をやる。もっと晴れていたら、あのカモメの飛ぶあたり、いつか行った本州最北の大間崎が見えるのでは。灯台から灯台博物館への道を辿る。それは砂色の煉瓦を敷き詰めた道だが、そこには世界の有名な灯台と日本各地の灯台を描いたほぼ三〇センチ角の美しいタイルが数メートルおきに埋め込まれていて、岬マニア兼灯台ファンの二人は、ああここに房総半島の突端の野島埼灯台が、こちらにはあのポルトガルのロカ岬の赤い灯台が、と楽しいひとときを過ごした。灯台博物館、正確には椴法華灯台ファミリー博物館、またの名ピカリン館を見学。ここでじっくり見学し勉強すれば灯台博士号は受けあいだ。

ホテルへ戻り、窓いっぱいに岬と海が広がる展望風呂を楽しんでから夕食。食堂へ行くと、あの迎えに来てくれた青年が黒のウェイター姿で現れた。ピンと背筋を伸ばし、両手に料理を盛った皿を幾つも持ってテーブルの間をスムーズに歩く。しかもウェイトレスにあれこれと指示をしている。ワインの注ぎ方も堂に入ったもの。きっと一流ホテルか何処かで修業してきたに違いない。いや感心なものだ。それにここの料理はなかなかのもの、ワインもビールもうまい。

翌朝、窓から灯台をぜひカメラに、と開けてビックリ玉手箱。ありゃー灯台がない?! うーん、そうか、また霧にやられた。油断していた。一瞬、先年襟裳岬や地球岬で出合った濃霧の様がパノラマのように脳裡を駆け回る。夏の北海道の太平洋側はこれだからかなわん。昨日の港ブルースはどこへやら、今日はガンと一発食った思い。えい、出発進行。

ようやく霧が薄らいだ日浦海岸を眺めながらバスで函館へ。

〈海鳴り〉　残　飯

列車が青函トンネルを抜けた頃、私は朝のことを思い出し、また霧にやられたなと苦笑していると、ふとあの初年兵時代のある夜の光景が脳裡をかすめた。

その夜**不寝番**に当たっていた私は夜十一時頃、舎内の巡回を終え廊下の端に立ってそれとなく外の洗面所の方を眺めていた。と、薄もやの立ちこめる闇を通して何か微かに動くもの。はて野犬か、と身を乗り出して透かして見る。また動いた。洗面所のそばだ。どうも人間らしい。それが背を丸めたような形でつっと動くと、端に置かれている四斗樽の中に顔をつっ込み、

北海道恵山岬遠望

手で中のものをしゃくって食っているような気配。うーん、そうか、頭の中でつぶやくと同時に背すじに冷たいものが走る。この樽には、飯や副食物運搬用のバケツ、各自の食器などをここで洗う時に、残飯や洗い流した飯粒を溜めておき、翌朝始末する。あれは腹が減って耐え切れなくなった初年兵に違いない。それを眺め、足がすくみ黙って見つめるだけの私、身も心も凍るような思いとはこのことか。

これは終戦の一年半余前、昭和十九年一月のこと。この頃でも食糧は民間はともかく、内地の私のいた部隊では不足しているという状況は見られなかった。だが問題は三度の飯の**分配**が著しく偏っていたことである。簡単にいえば下士官と兵長の飯や副食はテンコ盛り、上等兵や古兵は満タンだが、われら初年兵はその二分の一かせいぜい三分の二。昼間は演習、夜はビンタの毎日だからこれで腹がもつはずはない。

何かの本に軍隊へ行けば衣食住だけは心配ないなどと書いてあったが、とんでもないデマ。三度の飯がこれでは命にかかわる。ガツガツするどころか、眼が吊り上がり、思考能力が減退し、四六時中食い物のことを考える。そしてスキあらば唯一の食い物「残飯」を狙うことになる。たとえば下士官室へ食器を下げに行き、残飯があれば途中でかき込む。当番で炊事場から飯を運ぶ途中バケツに手をつっ込んで食う。このほか私が不寝番の夜見た方法もあるようだが、いずれにしても要領よくやらないと、見付かれば少なくともひどくビンタを食らうこと必定。なお、下士官の中には、己の飯に手を付ける前に幾分かを別の皿にとっておき、初年兵が下げに行った時、「おい、これを食ってゆけ」と言ってくれる仏のような人も稀にはいたが。

とにかく、**餓死**から逃れようとする人間の本能が働いて残飯に手が出る。だがそれにありつかねばどうなるのか。栄養失調で入院の末、死んだ初年兵もいた。私は隣の班にいた彼をよく憶えている。背の高い真面目なおとなしい人物だった。軍隊生活に全くなじまない、要領よくやろうとか、残飯を食ってやろうなどと考えもしない人だった。軍隊が彼を殺してしまったのだ。このほか脱走騒ぎを起こして重営倉に放り込まれた者もいたと聞く。

では、なぜ三度の飯の分配がそんなにも偏っているのか。それは兵長や上等兵が夜、学生上がりの初年兵に何かの難癖をつけて並ばせ、ビンタを食らわす時「お前らはじきに偉くなって威張りやがるから、今のうちにビンタを食らわしてやる」と吐き棄てるようにいう憎悪に満ちた言葉が、その理由を適確に示している。事実、それから何日かたって、以前この部隊にいた一期前の幹部候補生が見習士官になって戻って来たが、五、六人連れだってドカドカと廊下を踏み鳴らし、肩で風を切って通って行った。兵長等はその後ろ姿に「ちぇーくそー、威張りやがって」と唾を吐きかけんばかり。

こんな軍隊が戦場へ行くとどうなるか。後ろからも弾丸が飛んでくること必定。日本軍の敗因の根底に潜むものはこれだと私は今も思っている。

ご参考までに、大江志乃夫著『徴兵制』（岩波新書、昭和五六年刊）から、次の記述を掲げておく。

「餓死の戦場　兵站軽視の伝統は日本陸軍の病根をかたちづくった。（中略）陸軍当局は第一線の兵士が飢えることに鈍感であり、食わずに戦うことを当然というより、むしろ日本の兵士の強さの表現として誇っていた。

この鈍感さが、中国戦線を略奪の戦場と化し、ガダルカナル島において、ニューギニアにおいて、ビルマのインパール作戦において、フィリピンのルソン島において、餓死の戦場を出現させた。（中略）

餓えは将校より下士官、下士官より兵にきびしかった。〃天皇の軍隊〃の階級に基づく特権と抑圧の程度の表現であった。中部太平洋メレヨン島の陸軍守備隊は、アメリカ軍の飛び石作戦によって戦線の背後に取り残され、補給が絶えて大量の餓死者を出した。その死者と生還者の人数は、将校が五七対一二六、准士官・下士官が三一九対一八五、兵は一九一一対四四五となっている」（本書によれば死者の概数はガ島二万八〇〇〇、インパール作戦三万、ニューギニアのマノクワリ一万一〇〇〇人で、その大部分が餓死または病死とみなされる）。

なお、太平洋戦争以前のものと思うが、〃輜重輪卒《しちょうゆそつ》が兵隊ならば、トンボチョウチョも鳥のうち〃なるザレ歌があった。これも物資の輸送を任務とする輜重兵を蔑視し、兵站線を軽視していたことの一つの現れであろう。

ところで、大江志乃夫氏の言う日本陸軍の「兵站軽視」は恐ろしい結果をもたらした。平成五年十一月十八日付の新聞によれば、太平洋戦争末期、東部ニューギニアでオーストラリア軍と戦っていた日本軍が、師団長名で管下の部隊に「人肉食禁止令」なるものを出していたという。その命令書は昭和十九年十一月十八日付、四一師団秘密命令で、オーストラリア側が同年十二月末、アイタペ付近で日本語の原文を発見し翻訳したもの。

それには「最近、犯罪、特に殺人、強盗、人肉獲得が当師団の管轄区域で頻繁に起きており、軍の士気に悪影響をもたらしている」とし、これら犯罪の早期発見と防止の指示を過去にも度々発令したとしている。また、人間性や仏教の戒律にも言及し、即刻措置が必要と訴えている。さらに別紙として殺人を禁止する法令などが添えられ「人肉（敵は除外する）を人肉と知りながら食べた者は、人間の最悪の犯罪に当たることから死刑に処する」とある。

また、この〝敵は除外する〟という文言に関しては、オーストラリア軍に対する日本兵の供述書に「友軍兵の肉を食べた者は死刑にするが、敵兵の場合は許される、という命令が出ていた」とあることや「交戦後現場に残された仲間の遺体が、不自然に切り取られていた」というオーストラリア兵の証言があることなどから、その真実性が推定される。なお、オーストラリア側の証言によると、犠牲者は少なくとも一〇〇人以上に及ぶ由。

このほか、日本兵のフィリピンでの人肉食の記事も平成七年一月十一日付の新聞にある。

島根県　日御碕（ひのみさき）

ウミネコの声かまびすしい中、遠く霞むは隠岐の島

突端目指して道を曲がると、何やら騒がしい声が風に乗って聞こえてくる。ここは島根半島最西端の**日御碕**。やがてミャオーミャオーと声は次第に大きくなり、前方左に経島《ふみしま》が見えて来た。白いものが沢山動いている。ウミネコだ！　六月も末だが、やっぱりまだいたのだ。「何、ウミネコ？　ヤマネコはイリオモテヤマネコだのツシマヤマネコだのと聞いたことはあるが、海にもネコがいるのか」いや待て早まるな、ウミネコは鳥なのだ。日本近海に生息する鳥で鳴き声が猫に似ているのでウミネコの名がついた。

北海道や東北、そしてこの経島などの離島を主な繁殖地としており、この島には三〇〇〇羽程が三月頃来て七月頃姿を消す。海岸などでよく見かけるカモメの仲間と思えばよい。「なんだカモメか、いつかヤガモで日本中がかわいそーと大騒ぎしたが、その仲間のヤモメはいなかったか」悪フザケはよせ、ヤモメは後家さんのこと、話がややこしくなってチンチンカモカモになるから、ここらでやめて道を急ぐことにしよう。

やがてウミネコが舞い翔ぶなか、白亜の大きな灯台が見えてきた。一九〇三年（明治三十六年）に建てられた日御碕灯台だ。海抜六三メートル地上四三・七メートルの高さは東洋一で、光達距離は四〇キロメートルにも及ぶ。金八〇円を払い長い螺旋階段を登ると、

島根県　日御碕
ウミネコの声かまびすしい中、遠く霞むは隠岐の島

すばらしい展望が開ける。晴れた日には隠岐の島が見え、夜は漁火が美しい由。はるかに続く海原を眺めていると、以前仕事で隠岐の島へ出かけた時のことを思い出す。

船は台風後の荒波をついて出港。同行の仁はもと海軍大尉？殿、心得たもので外海へ出ると早速お先にと床に寝ころがってスヤスヤ。一方、船に自信のない私、次第に高まる胸騒ぎ。えい、こうなりゃ逆に海を眺めようと甲板へ上がったがますますダメ。海が目よりも高くせり上がったかと思うと反転、奈落の底へ。やがてお手上げ、胸と腹を押さえつつヤモリのごとく壁を伝い、トカゲのごとく床を這い、薄暗い所へ辿り着く。あとはご想像におまかせするが、島へ着いたらなにごともなかったように悠然と下船したのは確か。でも顔色は真っ青だったかも。

われに返り美しい景色に別れを告げ、帰途についたのは日が西に傾きはじめる頃であった。

島根県日御碕

日御碕の帰りに松江見物。土産は名物「山川・若草」、その上品な味は日本の菓子の代表として恥ずかしくない。甘い物は嫌いではないが少ししか食べない私でも一つは大丈夫。若い頃は両刀使いだった私が、いつからこうなったのか。

〈海鳴り〉 あんまき

ところで、私が軍隊に入営した頃、世間では砂糖や甘い物などは表面的にはほとんど姿を消していた。だが軍隊にはあった。あったが以前のように軍隊特有の**酒保**と呼ばれる施設で売るのではなく、隊内で配給されていた。酒保は酒、タバコ、饅頭や日用品などの配給中継機関になっていたのだが、私がたまたま一度のぞきに行ってみたら、どういうわけか小ビンに入った七味トウガラシだけ売っていた。しめた、これも腹の足しになるのでは、と一ビン買って飯にかけたり、汁に入れたりして食べたが、これがいけなかった。腹の足しになるどころか、消化を助けるのかますます空腹感がひどくなるし、おまけにクセになってこれをかけないと、飯や汁の味がふぬけたように思えて困った。

さて、甘いものの話だが、菓子類、軍隊でいう甘味品《かんみひん》の配給は月に一度くらいあったが、その班内での配分は飯以上にひどいもの。最初にお目にかかったのが**あんまき**、いわゆるドラヤキの類。班長殿には五本持っていけ、お前らは二人で一本だ、と言って上等兵が配る。彼らはと見ると、兵長や上等兵は一人で四～五本取りこんでいる様子。初年兵は、ふーん、配分はそう決まっているのか？と不審に思いながらも、半分の**あんまき**を、夜消灯になってから寝床の中で、子供がアメをなめるように、なるべく永持ちするようチビチビとかじる。真に我ながら情けなき思いであった。

それからしばらくして、私は経理部の幹部候補生となり、毎日経理室に通うようになったのだが、何かの話の序に、こうした班内での甘味品の配分状況を主計中尉に話したら、彼は烈火のごとく怒り、「なに、そんなでたらめな配分をしているのか、そういうものは平等に分けることになっている。兵長や上等兵が勝手なまねをしよって、そんなことをする班には今後一切甘味品の配給を停止する」と叫んだ。そして翌日恐らく下士官を呼びつけて叱ったに違いない。次回から配分は全く平等になり、初年兵もあんまきを一度に二本ほど食えるようになった。

北海道　白神岬

北海道最南端、向かいは津軽の龍飛崎だ

函館から直通バスで三時間、海と山の織りなす風景を飽かず眺めているうちに松前に着く。ここは長らく北海道に君臨していた松前氏の城下町。早速城跡の松前公園へ。一八五四年（安政元年）に完成した松前城は幕府により、北辺の警備強化のため、当時の日本三大兵学者の一人市川一学の設計で築城されたもの。日本で初めてのヨーロッパ式砲台七座を備えた城として、その威容を誇っていた由。しかし残念ながら現存するのは本丸御門のみ。城の周囲には約二五〇種八〇〇〇本もの桜があり、四月下旬から一カ月間にわたり次々と咲く様は真に素晴らしいものに違いない。

散策を終わって漁港近くの宿へ。気の良さそうな女将さんがにこにこと迎えてくれる。一風呂浴びてから夕食。この宿は漁師も兼ねているのか、生ウニが大皿いっぱい黄金色に輝き魚や貝類の刺身が山盛り。ゆっくり杯を傾けながら有り難く頂戴。

翌朝女将に**白神岬**への道を尋ねると、いや、私がご案内します、と早速車を用意してくれた。おかげで数分で到着。ここは北緯四一度二三分、北海道最南端、津軽海峡をへだてて龍飛崎が霞む。ここからあの先端までがもっとも近く一九・二キロメートルだという。辺りの海底深く列車が海峡を越えて走っている。ほら！　向こうに白いものが幾つか見え

北海道　白神岬
北海道最南端、向かいは津軽の龍飛崎だ

るでしょう。あれが風力発電用の風車…とは晴天の日のこと、残念でした。と振り返れば白地に赤い帽子、赤い胴巻き姿の白神岬灯台が高台の上にすっくと立っている。

バスで木古内《きこない》へ。JRに乗ると客車の外側にも、中の天井や壁にも色鮮やかなドラエモンなどのマンガの主人公が跳ねている。これはこれは近頃JRも楽しくなったなーと感心。そういえば最近観光地のトイレもずいぶん良くなった。中はもちろん綺麗で清潔そのものだが、外観も、これがトイレ？と思うものも幾つかあった。沖縄の与那国島では入口の壁に大きなカジキが跳ねていたし、北海道の襟裳岬の辺では、入口に「さわやかトイレ」と銘打った、文字通りのトイレにもお目にかかった。ああ、あのトルコのコンヤの博物館近くで入った公衆トイレには驚いた。入口に太っちょのばあさんがでんと腰かけていて、使用料を出せという。出すとチリ紙を一枚くれる。終わって出ようとするとまた、紙切れをくれる。何だと思って見ると、これがなんとご丁寧に領収書。一金五〇〇〇〇トルコリラ（約一一円）。No.52とあった。

北海道松前城跡

函館で昼の函館山へ。この前は霧に祟られたし、今夜はここにいないし、それに景色を見るなら昼間の方がよい。夜景などどこでもキラキラするだけで同じようなものさ、とうそぶきながら市電を降り坂を登る。これがまた、急坂で長い。息を切らせながら、一体何のためのロープウェイだ、とボヤク。やがて頂上。うん、昼間に限る、夜は電灯以外何も見えないジャン。ということで、函館山と対岸とが四〇〇〇年ほど前に繋がったゆえんなどの解説をお勉強の後下山。空港へ急ぐ。

〈海鳴り〉 かわや

軍隊ではトイレを古式豊かに？ かわやと呼んでいた。班内に向かって一礼〝萬濃二等兵かわやへ行きます〃と大声で呼称し、さっと回れ右、廊下を通り外のかわやへ急ぐ。終わって戻ると班の入口で〝萬濃二等兵かわやから戻りました〃とまた呼称する。声が小さいと〝声が小さい、やり直し〃と上等兵が怒鳴る。腹の中でコンチクショウとぼやきながら、また 〝萬濃二等兵…〟とやる。今にして思えば馬鹿みたいなことだが、これがわが国の軍隊のしつけ。もちろんかわや行きだけに限らず、内務班を離れる時は全て同様。ああそうです、これは初年兵だけのこと、古兵や上等兵は皆何も言わずに自由に出入りする。

北海道　白神岬
北海道最南端、向かいは津軽の龍飛崎だ

ところで、そのかわやの話。前記の面会の翌日、**手箱に**隠しておいた茹で卵二個をひそかに上衣の物入れ（ポケット）に入れ、かわやへ急ぐ。大の中へ入り戸を閉め、早速卵の殻をむいてかぶりつき、喉に詰まりそうになりながら何とか飲み込む。ああ手箱というのはほぼ三〇センチ角で高さ五〇センチほどの木の箱。正面に蓋があって開けると中に小さな引出しがあり、あとは空間。各人ごとに一個与えられていて、壁際の棚に置き、各人が己の私物を入れておく。何でも検査だとか、整理整頓だとか、とかく煩《うるさ》い内務班だがこの手箱だけはその対象外。いかに軍隊とはいえ、私物、私空間は犯さぬという不文律でもあったのか。

さて、かわやの話に戻るが、兵営の中で兵士には自分の部屋なるものがない。従って四六時中周囲から見られているようなもの。ところがかわやだけは、臭いし度々は行けないにしても、兵士の隠れ家として貴重な存在であった。なに？　臭い中で卵を食ってうまかったか、って？　いや、とても味わう暇などない。でも何か腹の中に入ったという気にはなった。

ああ、思い出したので、また臭い話で恐縮だが、それから十日程たった或る日の午過ぎ、急に腹が痛くなり急遽かわやへ。昼飯に沢山入っていた大豆、ほとんど生のようにゴリゴリ。あれにやられたのだ。私だけではなく、あちこちでピイピイやっている様子。ふと下を見ると薄暗い中、黒いものが動く。よく見るとネズミ、丸々と肥え太ったドデカイネズミだ。しきりに大豆を食っている。奴等にはご馳走に違いない。この大豆飯、その後は二度と再びお目にかからなかった。〝大豆の炊き方を知らないのか〟と、あの日頃いかつい炊事場の連中もさんざん文句を言われ、叱られたに違いない。

神奈川県　観音崎

頂上に明治二年初点灯のわが国洋式灯台第一号が立つ

三浦半島の東端が観音崎。バスを降り観音崎公園の海沿いの道をしばらく行くと、右手の岩壁に大きな洞窟がある。説明に聖武天皇の御代、七四一年（天平十三年）この洞窟に住んで漁民を苦しめていた大蛇を行基菩薩が退治した、とある。読んだとたん、先日さるお偉い方が〃我が国は天皇を中心とする神の国…〃とのたまって、ひと騒ぎあったことを思い出す。いやはやのんきなものだ。さらに行くと灯台への登り口。広葉樹や八ツ手に似た大きな葉の植物が茂る昼なお暗い急坂を登ると、上の方から賑やかな子供の声。やがてパッと目の前に白亜の灯台と周辺の白壁が現

洋式灯台第１号、観音崎灯台

れる。入場料金一五〇円也を払って灯台の頂上目指し、身を縮めながら螺旋階段を登る。

この観音崎灯台は一八六九年（明治二年）一月一日初点灯。日本の**洋式灯台第一号**である。当時の横浜製鉄所のフランス人技師フランソワ・レオンス・ヴェルニーが明治政府の依頼により建設したもので、煉瓦造り四角型の洋館屋上に灯塔を設けていた。地上から灯光まで一二・一二メートル、フランス製のレンズを備え、光源には中国産の落花生油を使用し、光度約一七三〇カンデラ、光達距離約二六キロメートルであった。その後地震のため一九二二年（大正十一年）に倒壊し、コンクリート製のものに再建されたが、同十二年九月関東大震災で再び大きく破損し、復旧工事を行い十四年に完成した。現在のものは三代目で地上から灯塔の頂部まで一九メートル、水面から灯光まで五六メートル、光度一四万カンデラ、光達距離三七キロメートルで東京湾を航行する船舶の安全を守っている。

頂上から四周の風光を眺める。向こうは房総半島富津岬だが今日は見えぬ。海上では大小様々な船が行き交っているが、すぐ前に同じような形の灰色の船が三隻停泊している。横須賀はすぐそこ、海上自衛隊の船か。後ろの高台には東京湾海上交通センター、通称観音崎レーダー局のレーダー塔がそびえ、一日一〇〇〇隻もの船が往来する東京湾の交通整理などに当たっている。下からまた子供達の歓声がわき上がる。のぞいてみると横須賀辺りからやって来た外国人の幼稚園児のよう。地上へ降り門の側の事務所で灯台のカレンダーや絵葉書を買う。

神奈川県　観音崎
頂上に明治二年初点灯のわが国洋式灯台第一号が立つ

帰途、坂を下る途中ふと見ると、路ばたの岩の上で何か小さなものが動いている。ん、ああカマキリだ。褐色で体長わずか二センチほど。一瞬幼虫かと思ったが、十月下旬に幼虫がいるはずがない。とにかく家へ連れて帰ろうとビニール袋に入れる。バスで横須賀へ出て街を散策。ここには米海軍基地があり、米第七艦隊旗艦ブルーリッジをはじめ軍艦が度々やって来るので、休日でなくても街にはアメリカの水兵が、と思っていたが一人も見当たらなかった。いつもそうなら結構なこと。軍事色は真っ平だ。

なに、ああ、あのカマキリ。図書館の図鑑で調べてみたら、ヒナカマキリ。該して暖地産で日本の東京以西と台湾にいる。神奈川県産は北限のヒナカマキリか。こやつ、甚だ変わり者で日本にいるのは全て♀。そしてメスだけで単為生殖するという。しかも翅《はね》は退化して全くない。なお台湾には翅のある♂がいるという。

〈海鳴り〉　海　軍

東京湾に浮かぶ沢山の船を見たので、帰途私は子供の頃神戸沖で挙行された観艦式の様子を思い出していた。それは、多くの軍艦が縦に並んでじっとしているので、遠くから眺めているのは少々退屈なものだったが。

私は父親が艦船の設計・建造に携わっていた関係で、子供の時から軍艦や汽船そして海軍にも関心があった。しかし兵役は陸軍であったので、艦内や駐屯地での海軍兵士の実態などについて知る機会が全くなかった。戦後、海軍を経験した友人の話や関係の書籍などから、海軍にも陸軍に劣らず、相当嘆かわしい面があったことを知った。

阿川弘之氏の『軍艦長門の生涯』上巻（新潮文庫）から引用すると、

「艦内元気の根源の若い士官たちは、何しろよく食った。ひるのフルコースから五時間すると、和食の晩めしになる。刺身、酢のもの、焼肴《やきざかな》、茶碗蒸、澄し汁といった御馳走で、入港地、作業地によっては、食卓長が腕をふるって、色んな海の幸《さち》を食わしてくれる。伊勢えび、春の瀬戸内海の鯛、別府湾に入れば、大分の城下《しろした》がれい。初夏の土佐湾では、かつおのたたき。それでも腹がへる」。

たかが二十代の若僧が、こうして毎日ご馳走をむさぼり食っていた。軍艦は外国へもよく行くので、洋式のマナーを身につけるため、昼食は洋食のフルコースだという。国民が食いかねていた時代に、国民の税金で食い、さぞうまかったことだろう。

「艦内では、公室でも、巡検後準士官以上は、どてら、浴衣にくつろいで酒を飲むことが許されていた。

〝従兵、あつ燗《かん》。今夜は徹夜で飲む〟

というのが出て来る。徹夜組が一人でも残っていると、従兵は配膳室に控えていなくてはならない。気をきかせて、〝従兵下れ〟が言えるようならいいが、やがて御機嫌になって、眠い眼をこすっている従兵のことなど忘れてしまう」。

酒のことはともかく、**従兵**という人間性無視の差別語を用い、しかも「従兵下れ」などとまるで昔の殿様が下僕に言うような言葉遣いにはあきれるばかり。

次は司令長官のことだが、「昼は洋食のフルコース。この時、〝司令長官食事五分前〟で、軍楽隊が後甲板に整列し、セミ・クラシックや欧米のポピュラー・ミュージックの演奏をする。聯合艦隊司令部は、優雅といえば優雅なこの風習を、大東亜戦争中、戦局が相当悪くなってからもやめようとしなかった」

何がセミ・クラシックか。これを武士の優雅なタシナミとでも思っていたのだろうか。苦難の毎日を過ごした人々にとって、聞けば全く、アホクサーというところ。

最後に、わだつみ会編『学徒出陣』（岩波書店）から次の記述を掲げておこう。

「兵にいたっては拷問《ごうもん》そのものの暴力があったことが『海の城』に書かれている。筆者の渡辺清は十七歳にも満たない年であこがれた海軍へ志願するのだが、精神注入棒と称する丸棒で殴り倒される場面が出てくる。その苦痛にころげまわる兵、息のとまりそうな兵…。凄惨そのものである。（中略）

この無残冷酷な図は、大戦末期になるとさらにひどいことになったことが幾多の証言、記録から読みとれるが、無情にして腹立たしいのは、こういう無茶を上官が見て見ぬふりをしていたことである。その理由は古参兵や下士官から憎まれたくなかったからであろう。さらに『腹立たしい』のは、プロの軍人だった者たちの戦記の中に、このリンチ、テロについてふれているものがないということである」

これではやはり弾丸は後ろからも来ることになる。海軍の敗因もつまる所、主としてこの辺にあるのではないか。人間の戦であるのに肝心の自ら進んで戦う人間を陸軍も海軍も養成しなかったのだ。だがそれはあの太平洋戦争では元来まず周辺諸国を制覇するのが主眼だったから、いくら尻を叩いても、おだてすかしてもちょっと無理な話かもしれぬ。己の家族、民族を守るための戦なら、男は自ら立ち上がり、勇敢に戦うはず。

北海道　積丹岬（しゃこたんみさき）
急坂を登れば赤白模様の灯台が日本海を照らす

七月上旬北海道積丹半島一周の旅へ。飛行機とバスで夕刻、小樽郊外朝里川温泉の宿に到着。夕食まで近辺の自然観察をと、雑木が疎らな林の中へ入ると立札が倒れている。親切と興味半々で起こして見てギョッ？「**注意**（赤字）クマが出ていますので山には入らないで下さい　小樽市」これは現在進行形だ？　慌てて前方を注視。もし出たら岩手県のキノコ採りのオッサンのごとく、クマを巴《ともえ》投げで…いや、あれは月の輪グマだが、ここのはでかいヒグマでは？　写真家星野氏がアラスカでやられたことを思い出す。え、ああそうです、これ早トチリもいいとこ。立札は用済み廃棄のゴミ。でも驚かすんじゃないよ、マッタクゥ！　日本ツキノワグマ研究所によれば、まずは熊に出合わぬよう、笛や鈴を鳴らして歩き、人の存在を熊に知らせること。熊は人を避ける。出合ってしまったら、騒ぐことなくそっと引き下がること。走って逃げるのは禁物。背中を見せると襲ってくる。なお熊は木登りも上手。また、玉手英夫著『クマに会ったらどうするか』（岩波新書）によれば、死んだふりをする、木に登る等全てダメ。カナダのレンジャーの経験では〝立ち止まったままで話しかける〟のが最良の由。ああ日本のクマならもちろん日本語でいいはず。お試しあれ。

翌日は小樽見物。まず運河沿いの街を散策。この運河、大正初期から造られ、延長一二〇〇メートル、巾四〇メートル。周辺は銀行や商社の古い洋風建築、石造りの倉庫、それにガス灯も沢山立ち並び、おおロマンチック！　大勢の観光客に混じって方々見物。中でもロンドンカラクリ博物館では〝ネコ天国〟など、様々なカラクリのヒョウゲタ動きに思わずニヤリ。この後、高台にガラス工房を訪問。お目当ての傑作？　シマフクロウ型のジョッキ二五〇〇円也を手にレストランへ。

昼食後、バスで本命積丹半島を目指す。美国辺《びくに》から海岸の美景が展開。天を突く一物型の大岩や積丹岳に見とれ、やがて入舸《いりか》の宿に到着。主人に明日行く予定の積丹岬への道を聞くと、漁師も兼ねる彼、空を見上げ「岬へ行くなら今日の方がよい」と早速車で急坂の上まで案内してくれた。そこから小さなトンネルを抜けると、眼下に日本海の絶景。岩礁と白波の乱舞を堪能した後灯台目指して登る。頂上に白地に赤い鉢巻模様の積丹岬灯台が立つ。ここで再び海にそそり立つ奇岩絶壁に見とれた後、夕闇迫る中を下る。宿は家族経営で簡素だが明るい雰囲気。夕食はさすが漁師の宿、名産生ウニをはじめ海々の珍味がずらり。

翌朝小雨の中、積丹岬の左に並ぶ神威岬へ。高台から岬の先端や白地に黒い腹巻の灯台を展望した後、底に漫画チックなフクロウを描いた盃を買い、バスで岩内温泉へ。宿の前に痩せた茶色の犬が？　いや食い物ねだりの北狐だ。

次の日、余市経由で札幌へ。途中小樽郊外の天狗山に登り美景を眺めて一服後シマリス園へ。数十匹が木登りや駆けっこ。見とれていると突如二匹が私の後へ。振り向くと正にあの最中。だが残念シャッターを切る直前にオシマイ。昼過ぎ札幌到着。デパートの食品街を歩くと〝ひぐま濃い麦酒〟〝北狐レッド麦酒〟うん、これだと買い込み空港へ。ところでこの旅行中、クマ、キツネ、それにフクロウとは二度も出会った。北海道の自然は何と豊かなことよ。ああビールの味？　ひぐまは甘苦い黒ビール。北狐はハーブ入りの赤ビール、寄生虫エキノコックス心配御無用。

北海道積丹岬より神威岬を望む

いやクマは恐い。逃げては駄目だというから難しい。そうだ、彼もクマから逃げ損なったのだ。

〈海鳴り〉 非常呼集

それは私が入営し、年を越して間もなくのある寒い夜のこと。就寝して一時間ほど経った頃、突如〝**非常呼集**〟〝**非常呼集**〟と怒鳴る声が廊下を駆け抜けた。ええっ、これは本物だ、と飛び起きると、兵長が〝編上靴をはいて、帯剣だけつけてすぐ舎前に集合〟と怒鳴る。見ると彼はすでに軍衣袴を着ている。うん、さすがに早いものだと思いながら、こちらも急ぐ。非常呼集の訓練は一度あったが、本物となると一体なにごとかと不安が頭をよぎる。急いで外へ出て整列。と、遙か向こうの闇の中で〝脱走〟と叫ぶ声。員数確認が終わると薄暗い中を駆け足で五〇メートルほど営門方向へ移動。兵長はここで待機しろ、と言って事態確認に行った。向こうの闇の中で、またひとしきり、がやがやと人の声。しばらくして兵長が戻って来て〝よし終わった、非常呼集解除、舎内へ戻って早く寝ろ〟と言う。〝脱走〟の声を聞いたが、一体どこの中隊の兵か、我々と同じ学徒兵かもしれぬ。毎日ひもじい目をして、軍隊生活に耐え切れなくなり、気がおかしくなったのでは。何日か前の不寝番の夜、闇の向こうで残飯桶に首を突っ込んでいた兵の姿を思い出す。だが、あのような高い塀をとてもよじ登れるものではない。きっと捕まって、今頃は営倉へ放り込まれたに違いない。いや、馬鹿なことをしたものだ。でも気持ちは分からぬでもない、もちろん営倉入りだけではすまないだろう。下手をすれば軍法会議にかけられ、陸軍監獄行きか…こんな思いがいつまでも頭をよぎり眠れなかった。

この脱走事件の真相や顛末は一切知らされなかった。聞くところによれば、中国戦線でやむを得ず後退したある分隊が、**敵前逃亡**の罪で部隊長から死刑を命ぜられ、特別の計らいで全員ピストル自殺を遂げさせられた由。何が特別の計らいか知らないが、真にゾッとするような日本軍の話である。昭和十六年、時の東条陸軍大臣によって公布された**戦陣訓**の一節「生きて虜囚の辱《はずかし》めを受けず、死して罪禍の汚名を残す勿《なか》れ」の精神に則ったものか、ああ寒気《さむけ》がする。

新潟県　佐渡・弾崎（はじきざき）
佐渡の最北端、昔砲台が、今灯台が立つ

新潟港を出た高速フェリーは佐渡の両津港目指し海上を滑るように走る。宿はバスで五〇分、ドンデン山の頂上近くにある国民宿舎大佐渡ロッジ。ここからの眺望は真に雄大、夜景もまた佳し。

翌朝相川へ下り外海府《そとかいふ》回りのバスに乗る。乗客は私達夫婦と北海道から来たというご婦人の三人だけ。しばらく走ると運転手は観光客ばかりと知って、あの島は、とかこの街はとマイクで案内を始めた。いや、路線バスなのにこれは有り難いと聞いていると、大きな赤い橋にさしかかる。海府大橋だ。「お客さん、この橋の下にいい滝が見えますから、歩いて見ていって下さい。バスはゆっくり走って向こうで待ってますから」と言う。橋を歩いて渡ると、成程、足下に大きな滝が飛沫を上げ海上へ流れ落ちる素晴らしい景色。バスに乗っていれば見えることはない。日本で海へ直接落ちる滝はここだけの由。

やがて大野亀が見えるとまた色々説明してくれる。当方すっかり観光気分。しかも大野亀へ着くと丁度あたり一面カンゾウの花の真盛り。海岸の崖っぷちまで美しい黄金の波。ここで昼食後散策。一時間ほどしてまたバスに乗ると運転手は同じ人。弾崎に近い停留所は、と聞くとしばらく走って、ここが最も近い、と停留所でない所で降ろしてくれ、おま

けに次のバス停の位置と発車時刻をていねいに教えてくれた。弾崎は佐渡最北端の地。一九一五年（大正四年）十二月、石川県の能登から北海道へ向かって航行中の貨物船が、夜間この岬の沖で岩場に乗り上げ、三十数名の命が失われるという海難事故が発生した結果、関係団体などの強い要望もあり、一九一九年（大正八年）ここに灯台が設置された。高さは地上～頂部一八・九メートル、海面～灯光七三・六メートルで光度一二万カンデラ、光達距離は四二キロメートルである。なお、江戸時代には、ここに海岸警備の砲台があった由。しばし岩頭に立ち日本海の荒波を眺め往時を偲ぶ。

さて、以上のような次第で今回の佐渡の旅はずいぶん楽しい思いをしたが、最後の両津港の土産物屋の小母さん達には参った。一斉に見本を目の前につき出しカマビスシク叫ぶ。そうなると気の弱い私などは、買う気があってもそそくさと船に急ぐことになる。ひと昔前、ヨーロッパ行きの空路はソ連上空通過の都合からだったか、給油のためだったか、

佐渡大野亀の風光

必ずアラスカのアンカレッジ経由となっていて、乗客は一時間余り、そこの土産物屋などを回って過ごしていた。これらの店にはなぜか日本人の逞しい小母さんが大勢働いていて、無税の酒類などを買い求める客を大声で叫びながら、次々と上手にさばいていた。でもこの両津の場合、あれとは違い、客に余り買気がないのだから、それを引き寄せるにはもちっと考えにゃ…いや、いらぬお節介、素人は黙って。

〈海鳴り〉 売春宿

帰途、JRの中で、今回は都合で旅行が日曜日にかかったが別段のことはなかったな、うん、そうだ、日曜か。

わたしが初年兵時代を過ごした京都の中部第四二部隊で、ある冬の日曜日の朝、**外出許可**をもらったわが班の兵長、ひげをそり、服装を整え、いそいそと営門を飛び出して行った。夕方、門限ぎりぎりに帰ってきた彼、いつになくニコニコ顔。それを見た上等兵、ニヤニヤしながら「ヘーチョ、ヘーチョ、どうでした、彼女よかったでしょう」と茶坊主よろしく猫なで声で兵長にすり寄る。兵長も「バカを言えー」と満ざらでもない顔付きでニシヤニシヤ。その夜だけはいつになく彼らからビンタは飛ばなかった。まさに効果大いにありというべきか。

だが、マイナスの効果もあった。ある夜、**不寝番**についた同僚が二階を巡回していた時、突如暗い部屋の中の寝台から古兵が飛び出して来て「やい、貴様、今この部屋へ入る時、敬礼しなかったな、バカモン」と怒鳴るや否やこの不寝番を殴り倒した。やられた彼は何が何だか分からず、ただ謝るだけでほうほうの態で立ち去ったらしいが、この古兵、某連隊から回されて来たという悪名高い札付きの万年一等兵。当夜は一モツが傷んで眠れず、いらいらしていたところへ不寝番がノコノコやって来たので、うさ晴らしに及んだというわけ。とばっちりを食ったほうは真にいい迷惑。淋病、梅毒のなせるわざ、オトロシヤオトロシヤ。

いや、男という動物は困ったものだ。大昔からそうらしい。例えばトルコのエフェソスで紀元前一〇〇〇年頃の遺跡を見たが、売春宿の案内板が残っていた。それは大理石を敷石にして造られた古代のマーブルストリートの脇にあり、石に女性の顔、財布（?）、左足、それにハートが彫ってある。〝左側を行くと女性が待っているから、お金を持っていらっしゃい、真心こめてサービスします〟と解読するのだそうだ。

こういう案内広告は確かモロッコのローマ遺跡ヴォルビリスにもあったが、そこでは男性のシンボルで売春宿の位置が示されていた。

こうした売春宿がどんな仕組みでどういう人達によって利用されていたか知らないが、こうした人間の性《さが》に関することは、今も昔もさして変わっていないのでは。もちろんその昔に比べると現今の物質文明は著しく発達しているが、それでも遺跡には当時すでに水洗トイレや冷暖房施設があったことを示すものもあるし、ましてや精神文化に関してはさして変わらない。否、むしろ現今は昔より退化しているのでは、と思われるフシもある。

また売春宿の話に戻って恐縮だが、このことに関しても遺跡の時代と似たようなもの、というよりは、当時は何か大らかだったようだが、現代はギスギスドロドロした感もある。特に日本の場合、太平洋戦争にまつわる慰安婦問題で諸外国から糾弾され、未だ解決したといえない状態。それは戦地で若い男性を威勢よく敵に向かわせると同時に、住民らに対し悪事を働かないようにするため、多くの国が頭を悩ませ、何らかの手段を講じてきた問題だが、日本の場合、やり方に問題があり禍根を残すことになってしまったようだ。

新聞報道によれば、旧日本軍の慰安婦制度の責任者を裁くために、アジア各地の被害者や国際法学者が、平成十二年十二月東京で開催した「女性国際戦犯法廷」で、証言に立った二人の元日本軍の下士官は、軍による慰安所管理や強姦放任の実態など、中国戦線での自らの体験を詳細に語った。

日本軍の上層部や指揮官は兵士を敵、つまり死に直面させるにはどうしても、こうしたことが必要不可欠と考えていたに違いない。また、証言に立ったある下士官は、「戦地での性暴力を抜きにしたら**戦争の実態は**出てこない。このことを伝えなければ、と恥を忍んで証言した」と言っている。

私は正にその通りであろうと思う。今までの全世界の戦争がそうなのだ。昔からそうなのだ。男という動物はそういう動物なのだ。その絶対的に有効な矯正手段はない。解決方法はただ一つ。**戦争**をやめること。それ以外にはありえないのでは。

北海道　利尻島

利尻富士を巡れば漂う昆布の香り

稚内空港を飛び立った一九人乗りANKデハビランド・カナダ六型三六三便は、高度六〇〇メートル位まで上昇、眼下に真っ青な日本海が広がる。今日は日曜日のためか、機内は満席、といっても座席は縦に三列だから、操縦席はすぐ目の前。いろんな計器が見え、操縦士と副操縦士が互いに何か復唱するように話しながら操縦している。

珍しいので見とれているうちに**利尻富士**の秀麗な姿が現れ、ぐんぐん迫ってくる。山腹には二条の残雪が白く輝いている。機はこの山を左に見ながら回り込むようにして、山裾の利尻空港目指し、はや降下態勢。フェリーなら一時間四〇分かかるところを、わずか二〇分で到着。

利尻島は利尻礼文サロベツ国立公園の中にあり、周囲約五〇キロメートル、海中噴火によってできた海抜一七二一メートルの火山、利尻山を中心とするほぼ円型の島。利尻山は日本最北の百名山として知られている。なおリシリはアイヌ語のリイシリ「高い山の島」から名付けられたという。

夕方まで余り時間がないので、空港からタクシーで二〇分ほどの島内随一の景勝地、姫沼に向かう。この沼は利尻山の山裾にある周囲一キロメートルほどの小さな沼だが、うっそうと茂る原生林に囲まれ、清冽な水面に逆さ利尻富士を映し、幽邃《ゆうすい》の境を醸し出している。

　野鳥の美しいサエズリの中、遊歩道をぶらぶら一周したあと、海岸近くのバス停目指して下る。私は夏、こういう自然の中へ来ると、心中、昔の〝昆虫少年〟が頭をもたげるのを押さえ切れず、こちらの花からあちらの木へと、昆虫との出会いを求めて歩く。妻はと見ると、俳句でもヒネっているのか、ぶらぶらやって来る。

　五〇〇メートルほど下った頃、後ろからやって来た一台のライトバンが我々の側に停まり、運転席から娘さんが顔を出し、「よろしかったらお乗りになりませんか。鴛泊《おしどまり》の方へ行きますが…」と呼びかける。内心、同じ方向だ、これは有難いと思ったが、妻と顔を見合わせ躊躇《ちゅうちょ》していると、娘の隣にいた母親らしい人が「どうぞ、どうぞ」とまた誘ってくれる。

北海道利尻島の空港と利尻富士

えらく親切な人だな、それともこちらがよほど疲れて見えたのかな、と考えながら「いやー、すみません」と後ろの席に乗せてもらう。少し下ると車が停まり、「ここは姫沼展望台です。いい景色ですからぜひ下りてご覧下さい」とすすめる。「いやーご親切に」と下車して眺めると、なるほどこれはなかなかの絶景、碧空の下青い海が広がり、白く輝く波の彼方に礼文島が静かに浮かぶ。

手前には鴛泊港、そしてその側にはヒトコブラクダのコブのような丘のある変わった形のペシ岬が海中に突き出している。再び乗車すると母親らしい人が「私らはコンブ屋ですが、娘は絵が好きで札幌の絵の学校を出て、店を手伝いながら絵を描いています。店にも少し飾ってありますから、もしよろしかったらぜひ絵を見てやって下さい」と言う。娘さんも「抽象画で余り上手ではありませんが、よかったら」と言う。妻は絵を見るのが大好きだし、「それではお邪魔でなければぜひ…」ということになった。

店に入ると袋入りのコンブが沢山並べてあり、壁面には絵が三枚かかっている。中でも真ん中にあった縦一・五メートル、横二・五メートルほどの大作は、利尻富士とその裾に色々な花を描いた水彩画で、特に緑・黒・白の三色の荒いタッチで描かれた山容は、なかなかのもの。この絵を背に記念写真をとったあと、店から数分の宿へ。

翌朝まずバスで島を一周。進むにつれて右側には海が、左側には利尻山が刻々違った姿を見せて楽しませてくれる。海ではもう昆布漁が始まっているようで、何艘かの小舟が海から昆布を引き上げており、岸には敷きつめられた黒褐色の昆布の帯が所々に見える。利尻昆布はご存じ高級昆布の代名詞となっているほどの名品。いかに短時間で干し上げるかが、品質を分ける由で、七、八月の晴天の浜辺は大忙しだ。

さて、海岸の美景もさることながら、中央に聳える利尻山の山容が、巡るにつれて刻々に変化するのも面白い。はじめ頂上は一つに見えていたが、やがて二つになったり、ノコギリ状に見えたり、雪渓も見えたり見えなかったり。実際、山頂はどのようなのか、登ってみたくなる。

だがこの山は北限の山だけあって、気候が激変することもあり、また海抜ゼロメートルから登るので、山頂との標高差は上高地から槍の山頂までよりも大きく、相当な体力を要することなどから、登山者には装備もこれらの状況に対応し、充分なものとするよう、要請されている。

島の一周を終わって鴛泊へ戻り、**ペシ岬**へ。ペシ、とはこの岬の形を意味するアイヌ語なのだろうか。突端までは五〇メートルほどだが、途中に高さ九二メートルの丘がある。

しばらく歩いてベンチでひと休み。すぐ下は海、一〇メートル向こうには直立した岩壁が海に突き刺さっており、その岩場一帯は数千羽のウミネコの大群の営巣地。耳をろうするばかりの鳴き声！　頭の上をかすめ飛ぶ鳥、鳥、鳥。とたんに昔見たヒッチコックの映画『鳥』の中で、無数の鳥が次から次へと部屋へ侵入し、人を襲う恐怖のシーンがあったのを思い出す。あれもウミネコに似た鳥だった。

鳥に圧倒されながら、周囲に咲き乱れる野の花を賞で、岩礁に打ち寄せて飛沫を上げる白波を眺め、北の孤島の夏のひとときを楽しんだ。

〈海鳴り〉 飯《めし》上《あ》げ

帰途、機内から刻々変わりゆく夕暮れの風景を飽かず眺めていると、ふとどこからか〝飯《めし》上《あ》げー〟の声が聞こえたような気がした。

夕刻、廊下の端で当番の上等兵が〝メシアゲー〟と怒鳴ると、飯上げ当番の初年兵数人が班から飛び出してゆく。上等兵の引卒で炊事場へ。炊事場では気の荒い連中が各中隊からやって来る「飯上げ」に、四斗樽に入れた飯やバケツに入れた副食などを次々に渡す。樽には縄をつけ、青竹の棒で二人掛で担ぐ。一度この樽のワラ縄が途中でブッツリと切れ、飯が大半路上にこぼれた。これはえらいことになった、と担いでいた初年兵は青くなったが、引卒の上等兵はさすがに軍隊の飯を長く食っているだけあって、慌てることもなく、すぐ初年兵に片付けさせ、己は炊事係に交渉して再度飯を分けてもらった。いや、考えてみれば誰かに落度があったわけでもない。強いていえば縄をよく点検しなかった上等兵自身の落度ということにも。

さて**飯上げ**が帰り着くと、入口の土間に各班の当番が待っていて、それぞれのバケツなどに配分してもらい、自分の班へと急ぐ。机の上にはすでに各自の飯食器、汁食器、皿食器、軽コップが並べられており、盛り付け役が班長、班付下士官そして兵長といった順に手早く盛り付ける。下士官と兵長の食器は白い厚手の陶器だが、他はアルミ製。

班長と班付下士官にはこれまた当番が急いで届ける。白いマスクをして、盛り付けた食器を四角いアルミの盆に載せ、これを目の高さに捧げ持ち、〝萬濃二等兵、下士官室へ行きます〟と呼称し、慎重かつ足早に、盆と行先とに目を配りつつ廊下を歩き、下士官室の前で〝萬濃二等兵、班長殿に飯を持って参りました〟と呼称。〝よし入れ〟〝入ります〟で中へ入り班長の机の上に盆を置き〝帰ります〟で廻れ右をしてさっさと班に戻る。班内ではまだ盛り付けをやっている。当番によっては自分の食器にだけ、ぐっと押し付けて、それとなく人より多く食おうとする浅ましいのもいるので、周囲の眼が厳しく注がれている。

ああ、下士官室の食器はもちろん時間を見計らって下げに行く。その頃、現役の若い下士官は外地へ出されることが多いためか、四二部隊のほとんどの下士官は召集で、二度目あるいは三度目のご奉公の人が多かったよう。だから、兵長のようにがみがみ怒鳴る人は皆無で、酸いも甘いも、という人が多く、例えば兵営外へ物品受領などのため我々初年兵数人を引率していった時などには、必ず何処か余り人目に付かない空地のような所で休憩をとり、ゆっくり一服させてくれた。そう、あの教育掛のクソ真面目な少尉に、ちとツメのアカでも煎じて…というところ。私が入営して初めて使役のため、こうした下士官に引率されて一ヶ月振り位で外へ出た時、ああ世間とはこういう風だったたか！　あそこに子供が遊んでいる、着物を着た小母さんが洗濯物を干している、家庭がある、などと何でもないことなのに、何か別世界へ来たように全てが珍しく、きょろきょろと眺めたものだ。

ここで**軍隊内務書綱領**なるものの一部を掲げておこう。

三、　兵営は苦楽を共にし、生死を同うする軍人の家庭にして、兵営生活の要は起居の間、軍人精神を涵養し、軍紀に慣熟せしめ強固なる団結を完成するに在り。

九、　上官は居常修養に勉め研鑽を重ね公私の別を明にして公明事に従い法規を厳守するの間、尚部下を遇するに骨肉の情を以てし部下をして上官は真に己の擁護者たるの念を懐《いだ》かしむべし（以下略）

十、　兵は一意専心上官の教訓に遵ひ思想正順にして克く其の本分を自覚し命令規則を厳守し、演習、勤務に勉励し常に筋骨を鍛錬し百折不撓《ひゃくせつふとう》の心を養い以て軍人の本領を完了《まっとう》すべし。

十二、各級の幹部及び兵克く前記の趣旨を体し各々其の分を尽さば兵営は一大家庭を成し融々和楽の間其の団結を鞏固にして上下相愛し緩急相救ひ有事の日決然として起ち勇奮死に赴くを楽むに至るべし。是れ実に軍の本義を顕彰する所以の道なり。

真に結構なことで。特に「上下相愛し」には恐れ入る。だが、残念ながら私の体験では、これは良く言っても絵に描いた餅。兵長や上等兵と初年兵とは正に「上下相憎み」としか言いようがなかった。お偉い方はなにごとによらず、この内務書のような理想をこと細かく書き並べて下達すれば、それがおよそ実現するものと思っていたのでは。これも大きな敗因の一つ。

神奈川県　劔崎

一面の大根畑の向こうに灯台の頭がのぞく

バスを降り向かい側の角を曲がるとパッと前が開け、一面の畑が目に飛び込む。ああ大根だ。そうだ、ここは**三浦大根**の産地。見渡す限り大根の道を二〇分ほど行くと、畑の向こうに灯台の頭がのぞく。

劔崎は三浦半島の東南端、太平洋に突き出した岬。浦賀水道を挟んで二〇キロメートルほど南の房総半島洲《すの》埼と対峙しており、そこに立つ両灯台は東京湾の出入口の西端と東端を示す航路標識となっている。このため世界統一ルールに従い、湾奥に向かって左側の劔崎灯台の灯光は群閃白緑互光（一六・五秒おきに白二閃光、緑一閃光）また、右側の洲埼灯台の灯光は赤白閃互光（一五秒おきに交互に赤白一閃光）と定められている。うん、そうか、夜空に白緑赤の閃光がパッパと、またたくように光るのはなかなか美しいものだろうと想像しながら、しばらく海の風光を楽しむ。この灯台、胴体は珍しく八角型、海から屹立する岩山の上に立ち、地上からの高さは一六・九メートルだが、海面からは四一・一メートルあるという。海岸にはごつごつした岩礁が連なり、磯釣りの適地として太公望によく知られている由。そう言えばバス停近辺に釣具屋などが数軒並んでいた。

帰途、モンシロチョウがチラチラ飛ぶ中、道沿いの大根畑をゆっくり観察しながら歩く。

神奈川県　劔崎
一面の大根畑の向こうに灯台の頭がのぞく

今は十月下旬だが、畑は大根の生育状況から見て、その葉の広がりが約一五センチ、二〇センチ、三〇センチの三段階に分けられているようだ。このうち三〇アールもあろうかと思われる二段階目の畑には全面に目の細かい網がかけられている。その隣の畑で作業中の小母さんに聞くと、網はモンシロの産卵除けと風除けのためだという。強風にあおられると茎葉は簡単に折れてしまう由。もちろん大根が三段階目くらいに生育すると網をはずし、他の畑に使うことになる。こうして収穫時期を分散することで、労力配分がより合理化されるし、栽培面積も増大できるというもの。いや、私の頭が古いのかもしれぬが、さすが大産地だけあって、こんなに計画的、集約的な農業経営

三浦半島劔崎近辺の大根畑

が行われているとは、といたく感心した次第。
ここで振り返って、もう一度灯台の頭を眺める。こんなに大根に取り囲まれていると、灯台も段々大根型になってくるのでは、と心配。でもまさかねー。それに近頃の三浦大根は昔、大根足の娘などと引き合いに出された頃よりはずいぶんスマートな品種に替わったと聞く。むしろ大根がスマートな灯台を見習って進化したのでは。

〈海鳴り〉 フケ飯

その日の夕食のおかずが大根であったかどうかは忘れたが…。

入営から一カ月余り、年が明けてしばらくたったある日の夕刻、内務班にいると廊下の向こうの方から、大きな話し声と共にガタガタと足音を響かせながら数人の**見習士官**がやって来た。得意げに刀を吊り、一様に赤い頬をして大股に歩く。昨年兵科の甲種幹部候補生となり、陸軍士官学校かどこかでの訓練を終了して見習士官に昇格した連中の一部が、各方面の部隊に配属されるまでのしばらくの間、原隊復帰したのだ。故郷に錦を飾った気分で張り切っているのか、班内を通り過ぎる時、顔見知りの兵長や上等兵を見ると「オー

神奈川県　剱崎
一面の大根畑の向こうに灯台の頭がのぞく

どうだ、元気か」と大仰に声をかける。兵長らは内心〝チェッ、畜生、威張りやがって〟と毒づきながらも、仕方なくニヤニヤ笑って敬礼する。もしないと彼らに「コラー、敬礼せんかー」と怒鳴られるからだ。

以前上等兵が我々を殴る時「お前らはすぐ偉くなって威張りやがるから今のうちに殴ってやる」と言ったのを思い出し、ははあ、このことか。奴の口惜しさが分からぬでもないなと思った次第。

これらの見習士官が帰って来た当初、我々学生上がりの初年兵は彼らに対し、いわば先輩として多少の親近感をもっていたので、たまには彼らの部屋へ我々を呼んで苦労話や愚痴を聞くなり、ゆっくりタバコでも吸わせてくれるのではと期待していたが、それは見事にはずれ、ただ先輩面をして威張るのにはガッカリ。

中でも某見習士官は軍隊の飯がうまくて仕方がないといった男。つまり軍隊が面白くてたまらぬとやたら張切る馬鹿。ある日夕飯後に軍歌演習をやるから初年兵は軍歌集をもって舎前に集合しろ、と言うから仕方なく行くと、陸軍幼年学校の生徒がするように、軍歌集を左手で上に高く掲げ右手を大きく前後に振り、歩調をとってぐるぐる回り歩かせながら大声で軍歌を歌わせる。

また昼間我々が通信修技に出ている間に週番士官のタスキをかけて班内を回り、我々の寝台や棚の上の整頓がよくないと、つまり毛布でも軍衣袴でも一枚一枚決められた順序で丁寧にたたみ、折目にはきちっと角をつけておき、これらを順次積み上げ、正面から見ると全体が重箱のように見えねばならないことになっているのだが、そうなっていないと見ると、その積んである軍衣袴などを竹刀でつついてすべてをひっくり返し、下へ落とす。われらが帰ってみると落花狼藉、しなければならないことが多々あるのに、この始末も急いでせねばならぬ、と泣きたくなる。おまけにこうなると、夜また兵長のバッチが飛ぶこと必定。

こんなことが続いた結果、我々の間で〝畜生め〟と怨嗟の声が上がり、ある日〝やっちまえ〟となった。軍隊内だからもちろん上官を殴るわけにはゆかぬ。やるのはもっと陰にこもった方法…**フケ飯**である。彼にもわが班から飯をもっていっており、その日の夕飯に四・五人が物陰で頭をガリガリ引き掻いてフケをぶちかけ、分からぬように念のためかき混ぜた上、うやうやしく捧げもっていった。その飯を彼がどんな顔をして食ったのか、一目見たかった。ただし、フケ飯を食うと下痢をするという話は、実証されなかったようだ。

これらの飯のうまい見習士官共、半月ほどの間に一人残していなくなった。日本軍の旗色が急速に悪化していた頃だったが、最前線の人員補充のために、輸送船でどこかへ送られたのかもしれない。

宮崎県　都井岬

南国ムード溢れる日南海岸の最南端がこの岬

風光明媚な日南海岸ロードパークは全長九〇キロメートルに及び、青島、サボテン公園、鵜戸神宮等々ユニークな名所が多い。

私はこのコースの旅は初めて。好天に恵まれ方々楽しんで**都井岬**にやって来たのは六月半ば。白亜の灯台付近からの大展望にしばらく見とれたあと、御崎神社、ソテツの自生林などを廻り散策。ソテツの大きな花の中へ手を入れると生暖かく、赤い実がいくつもごろごろしている。ソテツ…うん、そうだ…。

以前、復帰前の沖縄、当時の琉球政府を仕事で訪問し、那覇に十数日滞在した時、日曜日に一人バスに乗り、南の海岸へ出かけた。せっかく南の島へ行くからにはと、私こと昔昆虫少年は準備よろしく持参した折り畳み式捕虫網など道具一式を携え、林の中の小道を歩く。まず、モンシロチョウなどの粉蝶類としては素晴らしく早く飛ぶ美麗種ツマベニチョウを二匹、ものにしてほくほく。

海岸へ出ると一面のソテツの群落。背丈は一メートルほど。その中空に大きな蝶が浮かぶように飛んでいる。紛れもなくオオマダラだ。ソテツの中へ分け入り、空に向かって網を振ると、チョウは網の上をかすめて三〇センチほどさらに上空へ。これは、と網を高く掲げ、飛び付くように振る。と、どうしたことだ、網の柄が継目から上と下へ二つに泣き別れ。上の方は網を付けたまま向こうの方のソテツの上へ落下。もちろん蝶はアバヨとさらに上空へ。うーん、この網は折角東京のあの店で大枚を払って買ったのに…。

あきらめて海岸へ出ると一面のサンゴ礁。折からの引潮に取り残された小さなコバルトスズメ？　が美しい。

あの頃は私も琉球政府の職員も皆若かった。夜、泡盛で交歓。仕事のこと、復帰後のこと、そしてかつての戦争、米軍基地等々の話は尽きなかった。

ある日、久米島の現地を見るために出かけた時のこと。通りかかった道の側の昔の防空壕の中に、沢山の人骨が収納されていた。案内の職員は「まあ見て行って下さい」と言った。中に入ると土で作った棚には一〇を越える数の頭蓋骨が、そして十数個の大きなカメの中には溢れるばかり、バラバラになった人骨が入っていた。職員は「名前も何も分からないし、引き取り手もない骨です。こうした所はまだほかにもあります」と言った。戦後三〇年近く経ってもこんな状態か…と私は黙って手を合わせた。悲惨な沖縄戦の様子が目に浮かんだ。

ひと休みしてこんな思い出に浸ってから、また散策していると、高い丘の上にいるはずの野生馬がすぐ向こうの木陰に見える。どうやらこちらへやって来そう。これは一寸ヤバイと遠ざかる。

この馬は三〇〇年ほど前、高鍋藩が放牧した軍馬の子孫。九〇頭ほどが野生状態で存続しているもの。**御崎ウマ**と呼ばれ天然記念物に指定されている。

ところで、このような在来馬、つまり西洋種の血が混じっていない馬は日本の他の地にも数種残っている。北海道にいるいわゆる道産子《どさんこ》すなわち北海道和種、長野県木曽地方に残る木曽馬、そして鹿児島のトカラ馬などである。トカラ馬はトカラ列島の宝島にいたが、保護のため開聞岳の麓に移されたもので、これも天然記念物である。なお、この馬は肩高が平均一・一五メートルくらいの小形馬で、他は一・三二メートル位の中形馬の由。

のんびり散策を楽しんでから宿へ。夕食は珍しいトビ魚の刺身。海上を跳ね飛ぶこの面白い魚がこんなにうまいとは驚き。

都井岬の野生馬とソテツ

〈海鳴り〉　馬のたたり

岬の野生馬を見て、昔入営した中部第四二部隊の初年兵時代に、馬に悩まされたことをまた思い出した。

それは霜の降りたひどく寒い朝であった。例のごとく点呼が終わると「二班の初年兵は**厩の掃除**に出よ」と上等兵が怒鳴る。それまでにも何回かやらされたが、糞や尿にまみれた馬の寝わらを抱えて外へ出し、新しいのと取り替える作業だ。もちろん素手でやるのだが、この頃私の両手は霜やけにかかり、指の所々がくずれて皮がむけていた。しかし、ひどく痛むわけでもなく、なんだこれ位と作業をやったのだが、運が悪かったのか、翌日あたりから左手人差し指が腫れ上がり、日を追って左の掌全体に及んできた。これは困った。厩の作業の時、ばい菌が入ったらしいと一人暗然とする。

ちょうどこの頃二月十一日の紀元節の祝日に、学徒兵には特別のおぼしめしで一泊二日の**外泊**を与えるという話があった。しめた！　腹一ぱい飯が食える。聞いたとたん頭に浮かんだのはまず食うこと。入営以来、昼は演習、夜はビンタの毎日だが、初年兵の飯の量は古兵の半分に近いというひどいもの。頬は落ち目はギラギラ、頭にあるのは食い物のこ

宮崎県　都井岬
南国ムード溢れる日南海岸の最南端がこの岬

とばかりといった状態。

その夜、冷たい寝床の中で腫れた左手をそっとさすりながら、よし、あと数日頑張って何としても外泊を実現せねば、と腹を決めたが、いかんせん傷は悪化の一途。左手は倍ほどにも腫れ上がり飯椀をのせるのがやっと。毎日の銃の手入れは欠かせないが、左手の感覚は棒のよう、銃を支えるのがやっとというところ。
二、三日たつと、夜軍服を脱ぐ時、左の袖口に掌がつかえて抜きにくいほど腫れがひどくなり、腕全体に及んできた。熱も出た。おそらく三八度はあっただろう。どうなるのか、十一日までもつのか、毎夜寝床で思い悩んだ。
だが、こうした私の窮状を知った戦友が、身の回りのことなどひそかに応援してくれたこともあって、何とかばれずに頑張った。もしばれれば外泊取り消しはもちろんのこと、お前はタルンどる、なぜもっと早く言わぬかと大目玉を食うこと必定。

こうして迎えた二月十一日の朝、同じ神戸方面へ行く戦友と京都駅から国電に乗り神戸の家を目指す。神戸駅から市電に乗り、やがて下車という頃、熱で頭がくらくらしだした。これは大変と一つ手前の停留所で下車、その近くに住んでいた姉の家へ飛び込んで、かくかくしかじか。姉は驚いて、軍医として中支へ出征中の夫の勤め先であった近所の県立神戸病院へ連れていってくれた。

外科医は私の左手を見るなり、〝む、すぐ手術〟と看護婦に準備を命じ、直ちに私の左手首に麻酔の注射。そしてメスを手にとるや否や、前に突きだした私の左手の甲を三カ所ブスブスと切開。その瞬間、膿と血がパッとあたりに飛び散り、外科医のメガネにも。看護婦が急いで拭い取る。膿盆は忽《たちま》ちガーゼの山。と、どうだろう、痛みは潮の引くように急減し楽になった。病名は骨と肉の間が化膿する「ほうかしき炎」。もっと放っておくとあるいは左手切断の運命。**馬のたたり**というべきか。別段馬に恨まれることをした憶えはないのだが。

やがて包帯でぐるぐる巻きの腕を白布で吊り、近所の人の目を気にしながらわが家へ。酒はさすがに慎んだが、用意のご馳走を鱈腹食い、一晩ぐっすり眠ったら熱も下がり、傷の痛みもほとんどなくなった。夕刻帰隊。用意の診断書を恐る恐る提出。兵長は「何だお前、その格好は」と怒鳴ったが、腕を吊った私をさすがに殴りもやらず、握りしめたゲンコツのやり場に困った様子。

翌日から練兵休《れんぺいきゅう》ということで、終日班内でぶらぶら。一週間ほどして京都陸軍病院へ入院を命ず、ときた。後で聞いた話だが、軍医は隊長から大目玉を食い、早速廊下の入口に消毒液を入れた洗面器を毎朝用意し、厩掃除のあとは必ずこれで手を消毒させるようになったとのこと。私の怪我の功名というべきか。

さて入院後は楽なもの。初年兵だから、片腕吊っていても飯上げや掃除などはやらざるをえぬが、あとは野戦帰りのオッサンの面白い話を聞いたり、本を読んだり昼寝をしたりの一日。治療といえば日に一回の包帯交換だけ。部屋の空気はいたって和やか。怒鳴ったりする者は一人もいない。部隊とは雲泥の差。それに飯は充分あったし、形のある肉か魚が夕食には必ず付いた。酒保も配給物の取り次ぎだけやっていた部隊のものとは異なり、種類は少ないながら品物が並んでいた。

こうして一カ月ほどたった頃、部隊から経理部幹部候補生の第二次試験があるから、すぐ帰隊せよとの連絡。試験は一週間後に迫っていたし、傷は大体癒っていたので翌日帰隊。

静岡県　御前崎

赤い夕陽と石をも削る強風が名物

静岡駅から特急バスで南西へ七〇分、妻と二人終点に下り立つと、そこは波の音と潮の香の中。波打際に「静岡県最南端、御前崎、北緯三四度三五分、東経一三八度一三分」の標柱が、そして台地上には、**白亜の灯台**が青空を背にそびえ立つ。

この灯台の前身は、三五〇年前徳川幕府が建てた見尾火灯明堂の由。一八七四年（明治七年）初点灯、光度一三〇万カンデラ、光達距離三六キロメートルで、高さは水面～頂上まで五九・五メートル、地上～頂上まで二二・五メートルである。螺旋階段を登り、展望台へ。穏やかな日だが遠州灘には白波が立ち、水平線があざやかな弧を描く。

はるか沖合を眺めていると、雲間に黒い機影が幾つも浮かぶ。「御前崎南方五〇〇キロメートル、B29の編隊北上中」とラジオが叫び警報がなる。御前崎と聞くと関西での潮岬同様関東では過ぎし日の悪夢を思い出す人も多いはず。

ところでこの展望台「地球が丸く見えるん台」がその愛称。〝丸く見えるのは当り前、地球が三角に見える丘、なんてのがあれば、わんさと人が来るのでは〟などと毒づいているご仁もいるのでは。まあ、そう言わしゃるな、ここにはその他、夕日と風が見えるん台ちゅうのもあるんですぞ。

美しい「潮騒の像」が立ち、海の眺めはまさに絶景。だが夕方近く少々寒いので、夕日は宿の窓から。空を真紅に染め刻々沈む太陽はいつ見ても感動的。〝朝日のほうが〟とおっしゃるお方、すいませんが寝坊で朝日はいつもダメなんですよ。

夕日についで風も見よう。ここは**風の名所**でもあり、宿の近くに風力発電実験装置がある。どれほどの発電能力があるものやら？いささか冷たいマナコで見たのだが、クリーンエネルギー増加は時代の趨勢。そうです、日本の風力発電の潜在能力は立地的にみて五〇〇〇万キロワットもあるのです。ところが二十世紀末現在の設備規模はたったの一〇万キロワット。ドイツの五〇〇〇万キロワット、アメリカの二五〇〇万キロワットに比べ、お寒い限り。神風が大好きな日本ではなかったか。

静岡県御前崎

なに、ああ太平洋戦争でちっとも吹いてくれなかったので愛想つかした？　うん、さもありなん。自然エネルギー促進議員連盟には国会議員二〇〇人以上がガン首を並べている由だが。原発優先族や電力会社は〝儲からんものはどうもねー〟とどこ吹く風のよう。

　さて、それはともかくこの近辺は秒速一〇メートル以上の強風、遠州のカラッ風が冬期中心に年一三〇日も吹く。それゆえ、近くの海岸段丘は珍しい「風蝕礫」の産地として天然記念物となっている。この石、強風のため飛散する砂粒で長期間すり減らされた石で、単稜石、三稜石などとも言われる。石好きの私、好奇心でゾクゾク。あわよくば、と早速宿で場所を尋ねると「お客さん、車で一〇分くらいの所ですが、もうよほど深く掘らなければありませんよ、実物はこれです」と、私のコンタンを見透かしたような目付き。見れば一〇センチくらいの細長い三角形のような黒い石。そこらにあれば何の変哲もない石コロ。フーン駄目か、と写真に収め、しぶしぶあきらめた次第。

　でも翌日も快晴。静岡駅でコーヒー、フルーツ付き、しかも実にうまいインドカレーの昼食にありつき、ご機嫌よく帰途につく。

静岡県　御前崎
赤い夕陽と石をも削る強風が名物

〈海鳴り〉　経理見習

それは昭和十九年の春、ある風の強い朝のこと。内務班を出て経理室へ急ぐ。途中、厩の近くを通ると、何か小さいものが風に吹かれて飛んで来た。目の前に落ちたので、見ると動いている。昆虫だ！　オオフタホシマグソなる糞虫だ。コガネムシの一種で体長一・五センチほど、さして珍しい虫ではないが真黄色の翅に一つずつ大きな黒い紋があり、糞虫の中では美麗種。いや、糞虫などというと、すぐ汚いと顔をしかめる方が多いと思うが、中にはダイコクコガネムシのように、ご存じのカブトムシ♂より立派な凄い角を持っている奴もいる。それに…。いやまて、久々に昆虫少年が頭をもたげたが、ここは軍隊、虫の話は無事**満期除隊**になってからのことに致しやしょう。

さて、**経理室**は部隊本部の一角にあり、窓側中央に主計中尉が座る。彼ははなはだ気さくな、そして頭の切れる人。我々幹部候補生の面倒もよく見てくれた。経理部幹部候補生の第二次試験の結果、私は入院していて試験勉強どころではなかったので当然のことだが、我々四二部隊の受験者四人全員が乙種と決まった時、主計は〝いや、君達にはすまん、三七部隊に食われた。ワシの力が足りなかった〟と嘆きかつ我々を慰めた。〝食われた〟というのは歩兵第三七部隊は数千人もの大部隊、隊長も大佐だが、人員わずか三〇〇人ほどで隊長が大尉の四二部隊は、独立の部隊だが三七部隊の構内に寄生しているような形、炊事その他も色々世話になっている。第一、大佐と大尉では何かと位負けするのでは。だが試験の結果でこうなったのは我々の努力不足のためというほかない。何も主計や隊長には関係ないことと思ったのだが、しかし主計は隊長への手前もあるし、このままではと思ったよう。しばらくして我々四人のうち序列一位の者が補欠というようなことで、経理部甲種幹部候補生に格上げとなり、満州の新京にあった陸軍経理学校へ。

憶測だが、主計が思い余って師団経理部長の主計少佐に陳情した結果かも知れぬ。もちろん陳情にはどの世界でも手ぶらで、というわけには参らぬ、等というのはゲスの勘繰りか。といったことを残った三人が陸軍経理の勉強をそっちのけにして、ひそひそ話しているると、隊長室に通じるドアが開いて、戦陣焼けか酒焼けかは分からぬが、赤ら顔の隊長がぬっと顔を出し、〝おい主計、またあれを頼む〟。主計は立ち上がって〝はい、承知しました〟はは あ、また酒を一本都合しろということか、よく飲む奴だなー。隊長が引っ込むと、主計とその前に座っている主計伍長が顔を見合わせニヤッと笑った。この主計伍長、白面に強度の近眼鏡をかけた頭のよく切れる仕事師。小部隊ゆえ仕事は少ないからでもあろうが、経理事務の大半はこの人が一人でやってしまい、我々に手伝ってくれということは滅多にない。ただ俸給関係は毎月一人一人の俸給計算をするので、これには一人の上等兵が専門に当たっていた。

彼のソロバンは名人級、それに仕事は速くて正確。彼は毎月俸給日になると、夜各内務班を回り、俸給を一人ずつ直接本人に渡し、一覧表の該当欄に受領印を押す。金《かね》のことだから当然かもしれないが真に手堅い。彼が内務班へ来て机の前に座ると、兵長が〝おい皆俸給を戴きに来い〟と怒鳴る。一人ずつ印を持って彼の前へ行き、恐る恐る印を差し出す。彼は印を受け取りジッと見る。もし少しでもゴミが詰まっていると彼は印を机の上に投げ出し、〝掃除して来い〟と今度は相手の顔を眼鏡越しにギロッと睨む。その顔の怖いこと。ゴミで印の文字が読めぬほど詰まっていると、彼は一層怖い顔をして、〝おい、頭出せ〟とイガ栗頭を前へ出させ、その頭の毛に印を押し付けゴリゴリと掃除をする。これは痛い。とにかく彼は自分の仕事の結果を綺麗に仕上げたいのだ。だから印のゴミを気にするし、印は相手に押させず、必ず自分でまっすぐ丁寧に押す。

こうして私は毎日経理室へ通い、事務の手伝いやら主計としての自分の勉強やらで過ごした。春の終わる頃には時々師団経理部へ書類を届けるなどの公用外出で出かけるようになり、たまには世間の空気も吸えるようになった。

（以下の日記は私が外泊許可をもらって神戸の家へ外泊し、家に置いていた日記帳に入営以来初めて書いたもの）

昭和十九年五月十一日　神戸は青葉萌ゆる山を背にさみだれて美しい。

外泊じゃ馬鹿野郎。一体何から書こうか、幾千万語は即ち無言に同じ。軍隊生活早や半年、経理部乙幹の上等兵、四二部隊はとうに愛想をつかした。

三泊四日の外泊は昨日から。嗚呼親の有難味、地方（軍隊から見た一般社会）の良さ、チャワン、フトン、タタミ、おおこの驚嘆すべき事実。人生の不可思議、而して其の妙味、面白味、苦に在れば楽は多きもの。

五月十二日　静かに朝の気が窓より入る。何所に戦があるのか、軍隊生活の真最中、長い人生だ、俺は逞しく生きるぞ、生き抜くぞ。

雄兄と半日を漫歩。元町も三宮も全く駄目。食うもの飲むものとて全くなし。戦だ。それでも人が行く。でも神戸の町もこれでは仕方ない。庭の畑、エンドウの真盛り、垣の白バラが今年も美しい。父と兄が精出して畑を作る。ナス、ジャガイモが育つ。

軍隊、俺は兵隊なんだ、鏡を見て一人おかしくなる。四二部隊には程度の悪い奴が充満している。それでも軍隊はもってゆくのだ。上は下を食い、その下はまた下を食う。結局初年兵が喘ぐ。面会があった日、初年兵が食物を舎内に持ち込むのを取り上げて食う、悪ラツな下士官。煙突に登る奴、自殺する奴、カンニングで営倉入りする奴、行軍で弱音を吐いたり、仕事をサボッたりして乙幹に落とされた奴。一方では幹候を受ける資格がないのだが、一ッ星で頑張っている奴もいる。第二国民兵で召集された二等兵のオッサンが当番室で、しみじみ子供の話をしていた。こんな人もいるのだ。これが軍隊だ。

営庭の桜はきれいに咲いた。花吹雪も地方人には美しかろう。でも俺には全く駄目。味わうには余りに環境が悪い。

ああ全ては夢なり、俺の人生哲学も変わらざるを得ぬ。

五月十三日　好天続く。今日帰る身とはなりぬ。何、頑としとれ、あとしばらくの辛棒だ。兵長が何だ、上等兵が何だ。

人生行路の一点に立ち止まって後先を考えて見るのは面白い。父母よ、兄よ姉よ、お元気でと叫ぶのみ。ではまた次の機会に。

昭和十九年六月　連合軍ノルマンディ上陸。日本軍マリアナ沖海戦に惨敗、空母潰滅。

七月　サイパン島陥落。東条内閣総辞職。

千葉県　犬吠埼

日本でもっとも早く初日の出が見られるのがこの岬

わが家からＪＲで二時間余、銚子駅で銚子電鉄に乗り換える。この電鉄の開業は一九一〇年（明治四十三年）と古く、昭和十四年電化されるまでは蒸気で走っていたというから、恐らく可愛い機関車がシュッシュと音をたてて引っぱっていたのだろう。その姿を一度見たいもの。現在の電車も全長わずか六・四キロメートルの道程を二一分間でゴトゴト走る。真にのんびりムード。誰でも忽《たちま》ち気に入って、また乗りたい、となるのでは。

犬吠埼で下車。少し歩いて岬へ。ここは関東最東端の地。犬吠の名は昔源義経が奥州へ逃れる際、その愛犬が主人を慕って吠え続けたという故事によるもの。岬の突端に立つと荒波が次々と押し寄せ、岩に砕けて轟音を上げる。まさに豪快。その飛沫を浴びて、高さ三二メートルの白亜の灯台が海の難所鹿島灘を通る船舶を守っている。この灯台は一八七四年（明治七年）初点灯。光度はわが国でもっとも強い二〇〇万カンデラで光達距離は三六キロメートルである。

なお、ご承知と思うが、富士山頂や小笠原の島々などを除き、日本で初日の出をもっとも早く見られるのがこの犬吠埼。元日早朝にぜひどうぞ。

ところでこの岬とポルトガルのロカ岬とは**姉妹岬**として友好関係にある。この縁談は両者がユーラシア大陸の東西の端にあり、北緯三五〜三九度と位置も似て風光明媚、地域の主産業も水産業、それもいわしの水揚げが半ばを占めるなど共通点が多々ある、ということでもち上がったもの。

私はこのロカ岬を一〇年ほど前に訪ねた。リスボンの北西およそ四〇キロメートルの辺、バスを降りてしばらく歩くと、大西洋に向かってそびえる一五〇メートルもの断崖の上に赤い灯台と白い石碑が見える。北緯三八度四七分西経九度三〇分の岬の先端に立つと、心地良い海風に乗って波の音が遥か下から微かに聞こえてくる。目を上げて大西洋の海原を見渡す。海の彼方は数十年前、我々が激しく戦ったアメリカ、あの時私は…。

と、妻が呼ぶ声。われに返って石碑の方へ。碑には「ここに陸終わり海始まる」と刻まれている。十六世紀この国の内外で活躍し詩聖と仰がれたカモンイスの大長編詩ウス・ルジアーダスの雄大な一節だ。なるほど、まさにユーラシア大陸がここに終わり、大西洋がここから始まるのだ！　もう一度沖を見つめる。

千葉県　犬吠埼
日本でもっとも早く初日の出が見られるのがこの岬

千葉県犬吠埼

ウス・ルジアーダスとはポルトガル人の意。この詩は当時大航海を敢行し、インド航路発見などに活躍したバスコ・ダ・ガマをはじめとする、ポルトガル国民の勇敢さと栄光を称えた愛国的作品。八八一六行に及ぶ大長編詩で、一五七二年に刊行された。帰りに観光案内所で、ここシントラ市長の〝ロカ岬訪問証明書〟を書いてもらう。赤いロウ印を押した立派なもの。金三四〇エスクード（約三一〇円）也。

さて、犬吠埼でもロカ岬同様立派な訪問証明書を発行しているが、これには〝ここに海終わり陸始まる〟と、ユーラシア大陸の始まりを、日本、ポルトガル、英、仏、独、中国の六カ国語で詩《うた》っており、カバーには両岬の写真と世界地図などが印刷されている。金七〇〇円也。ロカ岬の二倍もする。日本は何でも高い！　ぶつぶつぼやきながら犬吠埼の西にある標高七三・六メートルの愛宕山山頂へ。ここには「地球の丸く見える丘展望館」がある。今でも地球が丸いことを疑っているご仁は、飛行機や宇宙船に乗らずとも、ここに登れば北は鹿島灘、東と南は太平洋、西は一〇キロメートルにわたる屏風ヶ浦の断崖まで、三六〇度のうち三三〇度までが海、水平線が弧を描き、正に百聞一見にしかず、たちまち疑問氷解と相成る。

〈海鳴り〉　伝書鳩

犬吠埼の名のいわれは前記の通りだが、義経が連れていた犬は多分軍用犬。軍隊にいた動物は軍馬とこの軍用犬、それに**軍用鳩**。

私のいた中部第四二部隊は師団通信隊なので軍馬のほか軍用鳩、つまり**伝書鳩**もいた。鳩は数百キロメートル離れた地点からでも、己の巣を目指して直線的に飛び帰る習性というか、本能を持っており、こうした帰巣本能を活用し通信文を運ばせたのが伝書鳩。今考えると平和の象徴のようにいわれるハトが、戦争に参加していたのだから妙なものだ。

昭和十九年の夏、この伝書鳩の訓練を担当していた鳩班の伍長以下十数名が、三重県の旧米之庄村に放鳩演習に出かけるというので、私はその経理担当者として同行を命じられた。この村が選ばれたのは、多分四二部隊からここまでの距離が伝書鳩の訓練、つまり脚に付けた筒に通信文を入れ、四二部隊の鳩舎に飛び帰らせる「放鳩訓練」に適当であったためと思われるが、ここは奇しくも私の本籍地であり、父の故郷で、当時も従兄が先祖代々からの医院を営んでおり、私は子供の頃から度々遊びに行っていた。だから、私にとっては勝手知った土地で、食糧などの調達にもはなはだ好都合であった。

部隊は寺の一角を宿営地とし、ここから毎日放鳩訓練に出かけたが、私はカロリーと栄養バランスを考えて彼らの食事の献立表を作り、それに基づいて必要な食品の種類と数量を計算し、その調達に出かけた。もちろんこの調達先の商店などは以前から私を知っており、また兵隊さんということで少々無理をしてでも売ってくれた。調達が済めばあとは炊事担当の上等兵に委せておけばよいから、私の仕事はこれにて完了ということになる。

このように、鳩は通信用として日本でも明治以降活用されてきたが、第二次大戦後は他のより優れた通信手段の発達もあって、どの国でも鳩はもっぱらハトレース用に飼育されているようだ。

先年私が台湾を旅行した際にも、台北から台中へ行くバスの中でガイドがハトレースの話をしてくれた。「あの辺のマンションの屋上にも鳩小屋が沢山見えます。まだ自分のマンションにクーラーを付けてない頃でも、ハトサマの小屋にクーラーを入れ、スタミナ作りに高麗ニンジンを混ぜた餌を食べさせていました。人間さまよりハトサマが大切なのです。何しろレースに優勝すれば五、六〇〇万元、日本円にして三〇〇〇万円近くもらえるのですから」日本ではさしずめ〝馬キチ〟というところか。でも〝ハトキチ〟は自分で飼うのだから、やり甲斐があろうというもの。ただし台湾では近頃このレースバトの優秀なのをコースにはったカスミ網で捕獲、つまり誘拐して、脚環から飼い主を割り出し、身の代金を出せ、出さぬと…と、大金を巻き上げるワルもいるというからご用心。

千葉県　犬吠埼
日本でもっとも早く初日の出が見られるのがこの岬

なお、ハトレースの元祖は十九世紀に始めたベルギーとのこと。ベルギーにはファンが六万人もおり、世界ハトセンターがあって、そこでは世界三二ケ国のマニアから委託された鳩が飼われている。優秀な血統の鳩を手に入れ、専門家の訓練を受けさせようと委託したものだ。また毎年七月、スペインのバルセロナで世界最高峰と言われるハトレースの国際大会が開催され、一〇〇〇キロメートル前後を飛ばしスピードを競う。優勝した鳩の値は一七〇〇万円ほどにもなるという。

ああ、そうですね、エジプトではハト料理が名物ということで焼いたのを頂戴しましたが、あまりどうも。なに〝安ツアーではねー〟ああそうかもね。

昭和十九年八月七日　昨日から二泊三日の外泊。兄が胸の病の再発でもう一カ月も寝ているとのこと。えらく痩せて弱っている。なぐさめようもない。ただ心中暗然とす。物資不足の折から栄養摂取は真に困難。食糧難の折、少しでもと庭を掘り起こし野菜や芋類を作るのに一生懸命だったが、それが再発につながったのでは。父母の心配のほど思いやられる。悲しきことなり。

母は兄の栄養補給に色々苦労しているようだ。先日も食糧と交換してもらうべく、自分の着物などを持って田舎へ出かけたが、高価な着物を差し出しても、相手はどうのこうのと言ってわずかな食糧しか分けてくれない。この前は鶏を飼っている家で主人に事情を話し、一羽でよいから分けてくれぬかと頼んだが首を縦に振らぬ。ところが翌朝その家の前を通ると昨日の男が呼び止めて、この鶏二羽持ってゆかぬかと差し出した。見ると昨夜鶏小屋にイタチが入り、この鶏のノドを食い破り血を吸ったらしい。母はいくら何でもそんな鶏は、と断ったのだが、全くひどい男だと嘆いていた。そんな母を何とか少しでも応援してやりたいのだが、今はどうにもならぬ。歯がゆいことだ。

民族の戦は続く。されど事は急なり。東条内閣倒れ、小磯内閣成りしは先月の事。南洋群島は玉砕、ついに敵小笠原を襲う。本土沿岸防備も本格的ならざるをえぬ。今年いっぱいが関ヶ原かもしれぬ。ドイツ全く旗色悪し。東部は戦前より以上に侵入されつつある。新兵器をもって果たしていかほど挽回しうるか。一大反撃の日はいつか。

とにかく勝たねばならぬ。民族と民族の興亡かけての決戦だ。モールスのモ程度しか知らぬ初年兵が続々南へ北へ征く。どうなるのか、ただ元気でと祈るのみ。俺にもその日が来るだろう。

八月一日付で伍長の階級に進む。西講堂の一角に乙幹ばかり一七人居住。ちょっと離島の形で住みよい所。初年兵が飯を持って来てくれるのが何だかこそばゆい感じ。今までと急に変わった立場で偉くなったような気分。特に経理部の我々は班付きにもならず、内務班のことは全く何もしなくてよい。来年の四月迄是は変わらぬ。修業を積むべしとかや。ああ軍隊か。でも、余り軍人の気がせぬ。毎日のごとく外を歩き、事務ばかりやるため。

昭和十九年十月　米軍レイテ島上陸、比島沖海戦、特攻機初出撃。十一月二十四日　B29東京初空襲。米軍本土空襲本格化。

千葉県　犬吠埼
日本でもっとも早く初日の出が見られるのがこの岬

沖縄県　波照間島
思い起こす若き日の南進の夢

東京の東南約二〇〇〇キロメートルにあるこの小さな島は、わが国**最南端**の波照間島、果てのウルマ（さんご）の島である。先般「沖縄七島めぐり」のツアーの広告を見るや、直ちに衆議一決GO！　飛行機、船と乗り継いで四月十三日、ついにこの島に上陸。北緯二四度三分、北回帰線までわずか六七キロメートル。わが国の有人島としては最南端、人口七四〇人、面積一三平方キロメートル、周囲一四・八キロメートルの島である。

早速島の東南部海岸の台地に立つ日本最南端の碑を訪問。**海鳴り**の中、はるか南方を指すこの碑、そばに日の丸を描いた石が立ち、戦前なら南方雄飛を促すというものだが、本土復帰の記念に建てられたこの碑、何を語ろうとするのか。

海岸の断崖に太平洋の怒濤が砕け散る。海の向こうはフィリピン。ここが南の果てか。はるけくも来

沖縄県波照間島の日本最南端の碑と日の丸の碑

つるものかな！　としばし瞑想に耽っていると、島の青年の叫ぶ声。バス、タクシー、ホテル、旅館も何もないこの島では、民宿の人達がマイクロバスで案内してくれる。

サトウキビ畑を過ぎ、島唯一の小さな店に着く。まず「泡波」なる泡盛の一升ビンが出る。早速少々頂戴していると、青年達がこちらへと招く。蛇皮線の伴奏で沖縄民謡をやるから皆さんで盛大に手拍子とはやしを、ときた。

ある本に「この島は近頃まで水不足のため島外客を歓迎しなかった。今も当時のフンイキが…」とあるが、そんな気配はミジンもない。それどころか、民宿に泊まりもせず日帰りの我々をこうして心から歓迎し、楽しませてくれ

ツアー一行を歓迎してくれた波照間島の青年達

ってい。民謡を何曲も唄ってくれた青年、小さな波止場でまた来てくれと、いつまでも手を振っていた青年のヒゲモジャの顔が目に浮かぶ。

〈海鳴り〉　酒は涙か溜息か

私が学徒出陣でやがて入営という頃、大学に残留となった理科系の学科にいた飲み助の友人が、おい、これでお前の送別会をしてやる、と化学の実験室にあったエチルアルコールと赤いシロップのような液体を私の下宿に持ち込んできた。その頃京都の町から酒の姿はどこかへ消えてしまっていた。うん、ご厚意有り難いと、シロップに混ぜたアルコールを二人で飲みだしたはよいが、その臭いこと。だが、酔いたさにひたすら辛棒、ツマミがないのでもっぱらハナをツマンで飲んだわけ。

やがて万歳の声に送られて入営。そして一カ月後、**初めての正月**。酒は軽コップなる容器にわずか一センチほどの配給。おまけに元旦は炊事場が休むので、前日に切り餅が配られたが、小さいのが二個。しかも相当固くなっていた。わずかな酒をなめ、餅を生のままかじる。真に情けない正月であった。もちろんこれは我々初年兵だけのこと。他の連中は当番室などで酒のかんをしたり、餅を焼いたり適当にやっていた。

沖縄県　波照間島
思い起こす若き日の南進の夢

軍隊での**二度目の正月**は、三重県の志摩半島に駐屯していた小さな壕掘り部隊で迎えた。壕は米軍上陸に備えた戦闘用でもあり、物資格納用でもあった。

私は当時、経理部の幹部候補生で、この部隊の経理を担当するかたわら、炊事係を指揮して正月の準備に当たった。酒は京都の原隊から部隊と共に運んできた四斗樽。これを元旦の朝配給すべく炊事場の倉庫の中の台の上へ備えておいた。

ところがである。元旦の早朝、炊事係の上等兵が「班長、えらいこっちゃ、酒がなくなった」と大声で叫びながら私を起こしにきた。なに、酒がなくなった？ そんな馬鹿な、と飛んでいって見ると、四斗樽はほとんど空。ゆすると底の方でピチャピチャと音がするだけ。うーんとしばらく絶句、頭の中は?! 上等兵と二人で樽の周辺をよく見た挙句、そうか…、となった。彼が昨夜、準備よろしく樽に「のみ口」を打ち込んだのだが、その下側にごくわずかだが隙間ができていて、透明な酒が少しずつ音もなく樽を伝って下の砂地へ落ち、吸い込まれていったのだ。二人で顔を見合わせ、また、うーんとうなる。

だが、何とかせねば、と私の頭の中で**渦が巻く**。そうだ！ よし、それしか手はない、と自転車に飛び乗り、急坂を下り、役場目指して一目散。息を弾ませながら村長に会い、陳情に及ぶ。村長もうーんとうなったが、「兵隊さんのことです、何とかしましょう」。やれやれ、これで何とか正月ができる、と相成った次第。

昭和二十年一月二十五日　兄死す。家へ着くと同時に涙が溢れ出た。冬寒き日、二十二日朝二時に父母に看取られつつ旅立ったという。涙と共に母から在りし日のことを聞く。私にも会いたいとしきりに言っていたそうだ。実に残念だ。会いたかった。会下《えげ》山の火葬場へ送りに行く。実に寂しい。二十八歳の青春を永遠に生きてくれ。私もいずれは行く。これからは一心同体だ。

私がこの部隊で「兄死す」の報を聞いたのは一月二十二日のこと。すぐ外泊の許可を受け、神戸の家へ夢中で飛んで帰った。日暮れ近くの薄暗い部屋で父母は棺の前に座っていた。父は私の顔を見ると「とうとう駄目だった」と顔を伏せ、私が棺に近寄ろうとすると「あーお前は兄の顔を見たいだろうが見ないほうがいい」と止めた。一瞬私は、えっなぜと思ったが、すぐ、ああまりにも痩せ衰えているからだと悟り、そのまま棺の上に顔を伏せた。涙が流れ落ちた。兄は戦争の犠牲になったのだ。

昭和二十年二月　米軍硫黄島上陸。

和歌山県　潮岬

黒潮おどる本州最南端の岬

晩春の南紀の旅は白浜温泉から。ここは別府、熱海と共に指折りの大温泉地。以前から関西の新婚旅行のメッカ的存在だったが、近頃は外国旅行に大分食われたかも。

翌日、近辺の景勝地、太平洋の荒波が逆巻きながら打ち寄せる広大な岩壁、千畳敷、高さ六〇メートルもの断崖が延々二キロメートルも続く三段壁、それに珍しい岩盤上に残されたさざなみの化石、天然記念物白浜化石漣痕などを回り、〃ここは串本、向かいは大島…〃の串本節できこえた串本からバスで二〇分の潮岬へ。

名勝三段壁

ここは八丈島とほぼ同じ北緯三三度二六分東経一三五度四六分、**本州最南端**の岬である。先端が近くなるとパッと視界が開け、広大な「望楼の芝」の緑、その向こうに碧く輝く太平洋が臨まれ、芝の果ては六〇メートルの断崖となって切れ落ち、正に黒潮おどるの絶景。

頭を巡らすと、白亜の潮岬灯台が断崖上に立つ。この灯台は一八六六年（慶応二年）五月、徳川幕府が米英仏蘭の四カ国と結んだ江戸条約に基づいて建てられた日本の灯台の一つ。初点灯は一八七三（年明治六年）九月、光度八〇万カンデラ、光達距離約三六キロメートル、地上から灯光まで一九メートル、海面から灯光まで五一メートルとなっている。せっかくだからと螺旋階段を登り四周を展望。目を遮るものなし。やはり地球は丸かった。

翌日那智の滝へ。那智の山にかかる滝は四八もあるというが、そのうち最大がこの高さ一三三メートルの那智の滝。昼なお暗き杉林の下の参道を谷に向かって下ると、冷やりとする空気の中、とうとうたる音と共に一大水柱が見えてくる。ご存じ、日光華厳滝、茨城県袋田滝と共に**日本三大名瀑**の一つ。

ところで、ちょっと横道にそれるが、この三大…というのはよく聞く話。簡単なのをあげると、三大洋とは太平洋、大西洋と印度洋、合計で世界の海の八九%を占める。要するに大きいということ。世界三大発明となると少し込み入るが、ルネッサンス期の火薬、羅針盤、活版印刷技術の改良、実用化を指す。以後の西欧社会に変革をもたらしたというのが、三大のゆえん。だが、そんなのはもう古い。新版は…などと異議も出そう。

ところで、先の三大名瀑の「名」とは何ぞやと聞かれると、はたと困るのでは。そのものの大きさなどで決まるのなら簡単だが、雄大だとか優美だとかの理由では主観の問題だとして論議を招くこと必定。こんな時は人より先に言ったほうが勝ちかも。蛇足だが、日本三大稲荷などというのは、ガイドブックによっても異なることがある。京都の伏見稲荷、豊橋の豊川稲荷の一、二位は動かぬが、三位は岡山の最上稲荷だったり、佐賀の祐徳稲荷だったりする。これも考えてみると何が決め手なのかはっきりしない。俺んちのは日本で三つの指に入るのだ、と言いたいお方は早く宣言したほうが有利なようですぞ。

さて元へ戻って、最後に訪問したのが新宮にある国の天然記念物「浮島の森」。正式名は「藺の沢浮島植物群落」で、長さ八五メートル、巾六〇メートルほどの湿地帯。その立木には近辺同様杉、赤松、ウメモドキ、ヤマモモなどが多いが、下生えは蘚苔類、羊歯類など約五〇科一三〇種余が密生している。縄文の昔、湾入していた海が後退し沼地となり、そこに色々な植物体が集積してできた浮島なのだ。だから強風で移動したり、池水の増減により上下する由。しばし小道を辿り、この不思議の島の歩き心地を味わってから帰途につく。

〈海鳴り〉 空 襲

私が生まれ育った神戸が米軍の**大空襲**を受けたのは、終戦の年、昭和二十年三月十七日のこと。この日私は全く偶然に、所属の部隊から二泊三日の外泊許可を与えられ、父母のいる神戸の家に泊まっていた。それは私が近く**本土防衛**の第一線部隊に転属することになっており、今生の別れのためという意味をこめた外泊許可ではなかったかと思う。

その二日目の夜半、けたたましいサイレンの音と共に、空襲空襲と怒鳴る声に飛び起きた私は直ちに軍装を整え、まず病臥中の父を母と共に門前の防空壕へ待避させた後、土足のまま一階と二階や庭と門前を往復し、四周の空を注視。

間もなく東南方向からB29の編隊が、わが方の探照灯に照らし出され、夜空にその姿を白く浮かび上がらせながら近づいて来る。と、下からわが防空戦闘機がB29目がけて斜めに上昇。双方から機銃弾が赤い火の矢のごとく光の筋を引いて飛び交う。やっつけろと心に叫びながら見ていると、B29は我が機銃弾を受けたように見えたが、悠々と飛び続けてゆく。

南の方の街に火の手がいっせいに上がる。続いてわが家の背後の山にも焼夷弾の火の雨が降る。その時、敵機がわが家に近づいたぞと思う間もなく、頭上一帯がゴーッという音に包まれる。弾の落下音だ。この家に落ちるのか、大変だ。頭の中がガンガン鳴る。と何か門の前の道路に落ちたよう。二階から飛び降りるようにして駆けつける。焼夷弾だ。用意のぬれ筵をひっつかんで夢中でかぶせる。幸い発火はしなかった。やれやれと思う暇もなく今度は隣家との間の塀際に一発。これも隣の人と共に何とか発火をくい止める。川向こうの街は一帯がすでに猛火に包まれ、火の粉が夜空に舞い、その熱気が川を越えて感じられる。

敵機は背後の山の向こうで旋回して一応去ったが、もう次の編隊が近づいてきた。今度はわが家の上空からはややそれて飛んでゆくので、眺めているとまた空中戦。夜空に白い落下傘が浮かび、次第に降下して彼方の闇に消えた。果たして敵味方いずれのものなのか。

二時間もたったろうか。空は静かになった。だが神戸の街の大半が、そしてこのあたりも、湊川の支流・天王川と石井川に挟まれたわが家を含む三角地帯を残して、全て焼き尽くされた。わが家から徒歩二〇分くらいの所にあった姉の家も川向こうなので、多分やられたのでは、と夜明けを待って出かける。

橋を渡ると見渡す限り**焼土の中**、筵を掛けた焼死体があちこちに見える。市電の線路を越えて姉の家があったあたりへ来たが、建物は皆無。跡形もなく全焼である。人影もない。よく見ると走り書きをした板切れがあり、幸い姉達は一キロメートルほど北の祇園神社近辺に避難していることが分かった。

直ちに走って行ってみると、姉とその姑がいた。「誠ちゃん、丸焼けやわ、何もかも焼けてしもうた」と姉が涙声で叫ぶ。慰めの言葉もない。夫は応召、軍医で和歌山の陸軍病院に勤務中だから男手がない。跡片付けを手伝ってやらねばと思ったが、その暇もなく別れを告げ、神戸をあとにして夕刻帰隊した。

こうした空襲は米軍が日本に対し一方的に行うばかりであったが、ただ一つ、日本はこんな方法でアメリカを「空襲」したことを付記しておく。

太平洋戦争末期、「ふ号作戦」として昭和十九年の秋から二十年春にかけて、巨大な風船の中に水素ガスを詰め爆弾や焼夷弾を吊り下げた「風船爆弾」を、アメリカ本土に向けて偏西風に乗せて飛ばした。風船は千葉県九十九里浜の一宮海岸と茨城県大津、福島県勿来の三カ所から放たれ、約八〇〇〇キロメートルを二～三日で飛んだ。

その数、半年間で約九三〇〇個、米本土には二八五個が到着し、オレゴン州ではピクニック中の子供ら六人が死んだという。その製法だが、風船はコンニャクノリで幾重にも張り合わせた和紙を七百枚ほど使って作り、直径は一〇メートルもの巨大なもの。主に女子学生を動員して作らせたようだ。なお、陸軍にはこの風船に細菌や化学薬品などを積んで飛ばすという考えもあった由。事実、日本軍が中国でペストなどの人体実験をしていたとか、敗戦で中国に放置してきた化学爆弾の処理に、今も日本から人を現地に派遣しているなどと聞くと、それは事実では、と思われる。そんな狂気の沙汰が実現しなくてせめてもの幸いというべきか。

昭和二十年三月二十日　春はまだ浅い。上野の城が薄ら寒く空に浮かぶ。世は戦の世である。決戦だ。人類は相克す。勝つ事、是のみ。美しの神戸も灰燼に帰した。怒りの瞳は尾翼を射る。戦うのだ、勝敗いずれかに決まる迄。

日記は遂に俺の身辺に持来たされた。「陣中日誌」となる。

連日空襲あり。敵艦載機諸方を襲う。九州東南に敵機動部隊あり。切歯扼腕、戦え、死あるのみ。戦だ、学校は全て閉鎖状態。内地も正に戦場。いや最後の決戦場となりつつある。俺も外地へ出る事もなく戦線に参じている。京都を出でしは去年十一月。以来磯辺近辺に二月中頃迄、それよりここ伊賀上野市へ。漸てまた新しき地へ。戦雲近づく時、再び正月を迎えることとあろうか。

四月一日　米軍沖縄上陸。

千葉県　洲埼（すのさき）

花畑の向こうに灯台の白い頭がのぞく

この春、久々に地元房総半島一周の旅へ。南総の中心館山着は昼すぎ。お目当ての郷土料理、さんがとなめろうで昼食。さんがは鯵を味噌・生姜・葱と一緒に叩き、シソの葉にくるんで焼いたもの。焼く前の生のままのがなめろう。俗に名物にうまいものなしなどと言うが、これはいける。さて、腹満ちてバスに乗り洲埼へ。二〇分ほどで下車し数メートル歩くと、花畑の向こうに灯台の頭がのぞく。房総半島の西南端に立つ**洲埼灯台**だ。小道を辿り石段を登って灯台の前の展望台へ。

左手には太平洋が茫洋と広がり、右手は館山湾、浦賀水道、東京湾と続く。目を上げて彼方を望むと、伊豆大島、伊豆半島が霞み、右手には三浦半島の先端剱崎が見える。洲埼灯台の初点灯は一九一九年（大正八年）十二月、光度九七〇〇〇カンデラ、光達距離は約三四キロメートルで、剱崎灯台と共に東京湾入口の東端と西端を示す航路標識となっている。

今夜の宿館山国民休暇村へ。海の幸の夕食を楽しんだ後部屋でくつろいでいると、〝ただ今から**ウミホタル**のショウを始めますから一階のロビーにお出で下さい〟とアナウンス。行ってみると早や二〇人ほど浴衣姿の客が集まっている。テーブルの上には海水を満たした大きなワイングラスが一つ。

やがて電灯が消されあたりは真暗闇。若い女性が電極らしいものを四本、そのグラスに近づけた瞬間、青紫色に輝くオーロラ様の光の帯が幾重にも水中に舞い踊る。〝オーッ〟と観客がどよめく中、一分ほどで光が消えると彼女が再び電極を近づけ、またもやオーロラが輝く。〝へー、これがウミホタルか!〟驚嘆の声が上がる中、光の舞は三度目で終わった。これ以上やると、ウミホタルが弱る由。これは日本全国にいるミジンコの一種で、学名は「バージラフィルゲンドルフィー」といって、節足動物「カイミジンコ」の仲間。成体の大きさは三ミリ程度。日本では青森から沖縄の内湾、沿岸などの河川による淡水の流入が少ない海岸に分布しているが、館山湾とその周辺はその数の多さで特に有名。夜間は活発に活動するが、昼間は砂の中でじっとしているので、見つけることが大変難しい生物である。

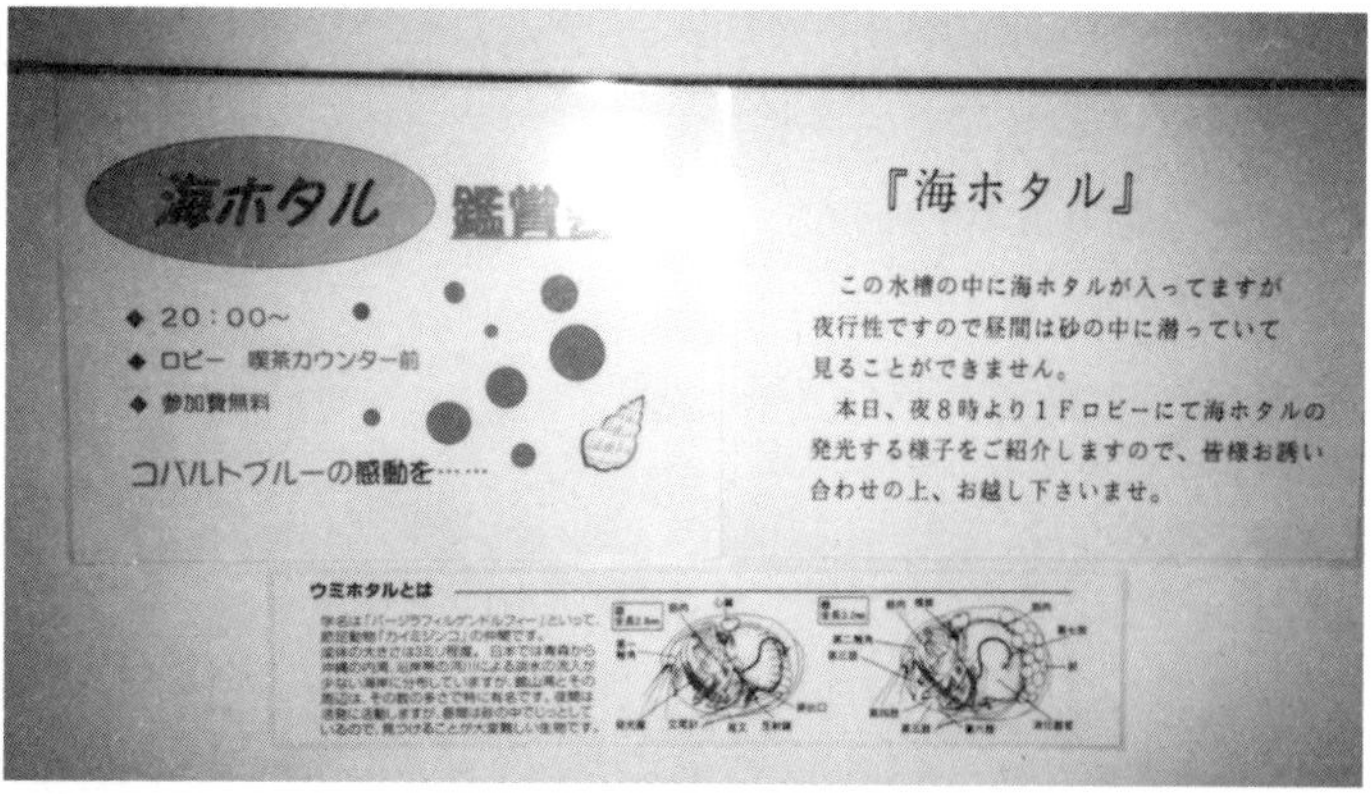

海ホタルとは

ところで世の中にはこのミジンコを飼っている人もいるようだ。えらく物好きな、ちょっと変人かという人もあろうが、多分やり出すと面白くて止められないのでは。私は近頃カマキリを飼った。あんな恐い虫を、と人は言うかも知れないが、こやつ、実に面白い昆虫。ファーブル先生も、もしカマキリが鳴き声を持っていたら、その人気は蝉を凌駕するだろうと書いている。

いや声は出さないが、第一にこやつは人間をこわがらない。杉本苑子さんが「文藝春秋」平成十三年一月号で「平成十三年のエトの蛇は、人に会っても鳥やリスなどのように逃げないところがいい」と言っておられるが、その点ではこのカマキリ、人を見ても〝フン、お前は何だ〟というツラガマエで悠然としている。私はこやつを飼ってみて、色々と面白い行動をすることを知ったが、話せば長くなるので、ここではその一つ、食い物のことだけに止める。こやつ、従来から昆虫など生きた物しか食べないと言われているが、茹でたエビや煮干し、生卵なども好んで食べる。どうしたらそんな物を食べさせることができるか、についてはまたの機会に。

翌日はまず、彼の八犬伝で知られた里見氏の居城、**館山城**に登り、折から満開の桜に映える天守閣や館山湾の風光を満喫した。終わってJRで半島を横断、鴨川からバスで仁右衛門島の渡し場へ。近頃珍しい櫓で漕ぐ和船で五分。島は一周三〇分ほどの小島だが、登り降りは相当きつい。そこここに句碑や歌碑が沢山立っていたが、中でもこの日の風光にピッタリの〝巌毎に怒涛をあげぬ春の海〟なる秋桜子の句を脳裡に納め、帰途につく。

それからしばらくして、私は新緑の奥多摩渓谷の探勝に出かけた。JR木更津駅からバスで、平成九年十二月に完成したアクアライン、東京湾横断道路を渡り、対岸の川崎へ。木更津から約二〇分の大きな人工島に、中間の休憩施設「ウミホタル」がある。この名はもちろんあのウミホタルにちなんだもの。

バス停の上が食堂や土産物屋のコーナー、その上が展望台になっている。そこここにベンチがあり、さんさんと降り注ぐ陽光を浴び、東京湾の風光を眺めるのも悪くない。また、海面に見立てた床の上に、半身を乗り出している大きな木彫りの魚がいくつもあり、ユーモラスな雰囲気を醸し出している。ここで一休みして、またバスに乗る。あとはおおむね海底トンネルの中。やがて川崎、再びJRに乗り奥多摩へ。

〈海鳴り〉　ホタル

私は昭和二十年四月、それまで一年数カ月を過ごした中部第四二部隊を離れ、三重県久居町にあった中部第三八部隊で新たに**本土決戦**に備えて編成された、護京第二二六五五部隊の経理室要員として転属した。部隊はその本部、経理室などを志摩半島の鳥羽町に置き、各中隊は半島の要所要所に展開して壕を掘り陣を構えて米軍上陸に備えた。

なお、私の長兄は前記のように私が四二部隊に入営した頃、召集を受け、三八部隊で三度目の軍隊生活を送っていたが、今回私と同じ部隊の有線通信を主任務とする中隊に転属し、志摩半島の鵜方に駐留することになった。

さて鳥羽の部隊経理室は、町の中程にあった大きな木造倉庫などを借用して設営され、主計中尉を長とし、金銭・糧秣・物品の各会計担当下士官を基軸として編成された。私は物品会計担当の主計軍曹として、一つの倉庫の二階を物品倉庫にあて、部下の二等兵と共に毎日ここで経理業務に従事した。ちなみに、**物品**というのは兵器・衣服・軍靴・食糧・飼料など以外の諸物品、例えば家具・家財・消耗品・油脂等々。これらの物品は、伊勢市にあった護京師団経理部から各部隊に分配されたので、私の仕事はその受領・運搬・保管、そして各中隊への配分などが主であった。なお、私ら経理室の下士官は、別途借用した畳敷きの部屋で寝起きを共にした。

昭和二十年の春といえば、世間ではすべての物資欠乏が進み、食糧の配給なども円滑を欠いていた頃と思うが、私のいた部隊では日々の食糧に不自由するということは全くなかった。しかし、師団経理部から配分された物品には相当お粗末なものもあって、激しい戦闘中果たして長持ちするのかと、中隊への配分をためらった物もあった。例えば「ホタル懐中電灯」。外側は手で握れる程の大きさの鋳物製で、取っ手を握ったり放したりすると、

千葉県　洲埼
花畑の向こうに灯台の白い頭がのぞく

中の発電機が回って発電するのはよいが、その名の通り豆電球がホタルのように点滅するだけ。試しているうちに不具合になるものや、妙な摩擦音がとれないものもあった。しかしこれは必需品、丈夫で長持ちを祈って、中隊に配分した。

なお、現在でも非常用の「手回し発電ラジオ」なるものが市販されている。電池でも使えるが、内蔵の発電機を一分間回せば約三〇分間ラジオが聞けるという。

もう一つは「矢立て」。直径四センチほどの青竹を五センチほどに切って容器とし、竹の蓋を付け、紐で繋ぐ。中に海綿を入れ、これに墨汁を浸す。筆を入れた竹筒を紐でこれに繋げ、腰に差す、という具合。陸軍の某参謀は好んで銅製の矢立てを使っていたと聞くが、室内ならともかく、野戦でこんな竹製の玩具めいた矢立てで、戦闘記録でも書けというのか。

なお矢立ては古来、文人墨客の好むところらしく、二十一世紀になっても銀座の文房具の老舗には、一万円前後もする銀製の立派な矢立てを売っている。平和な今日、腰に矢立てを挟み、春の野を逍遥しながらやおら筆をとり出して、短冊に俳句でもさらさらとやれば、長生きすること受け合い。

昭和二十年四月二十四日　広袤《こうぼう》山川幾千里、と言っても内地である。だが野戦である。所は鳥羽町。三八《さんぱち》転属は四月三日。動員完結出動十二日。連日多忙を極む。赤軍ベルリン突入、ドイツ亡ぶか。神国不滅、孤城を護る一億の民、特攻魂に敵無し。

桜既に散り、青葉目に清し。自然を静かに観ずる時、漠として神に帰す感あり。暫時味わうべし。多忙なりとも此の一瞬を。

四月　沖縄決戦酣。五月　独、無条件降伏。

鹿児島県　佐多岬

本土最南端の地、沖の雲間に特攻機の影が

鹿児島から**薩摩半島**を南下、池田湖に立ち寄る。面積約一〇平方キロメートル、九州最大の淡水カルデラ湖だ。透明度は世界のベストテンに入るというだけあって、なるほど澄み切った水。水清くして魚住まずかと思っていたら、それは素人の浅はかさ、ならぬ浅知恵。アユやコイ、マス、ワカサギなどの養殖が行われている由。おまけに一匹で三〇〇人前のカバ焼きができるという巨大オバケウナギもとれるという。そやつをぜひ見たいと思っていたら、いた。水槽にでかいのがトグロを巻くようにして昼寝中。でもこれじゃ、ひいきめに見てもカバ焼一〇〇人前くらいがせいぜい。

見世物は他にもあった。「池田湖イッシー無人観測所」なるものが池の端にあり、その壁面にあのイギリスのネッシーによく似た、いや、実物を誰も見たことがないと思うのだが、首の長い恐竜が描かれている。バックに見える開聞岳の大きさから見ると正に巨大。でも気長にお出ましを待つ暇がないので眉にツバして退散。このあと桜島へ。往年の大噴火で埋もれた鳥居、恐ろしい爪跡は真に象徴的だ。大隅半島を南へ。

佐多岬は**本土最南端**の地。ピラミッドで有名なエジプトのカイロと同じ北緯三一度線を通過し、ガジュマルやアコウの樹が茂り、ブーゲンビリアやハイビスカスなど熱帯の美し

い花の咲く中を黒潮展望台へと登る。

岬の先端にある大輪島には、一八七一年（明治四年）に初点灯の白亜の一等灯台が立つ。その向こうには今定かには見えぬが、晴れた日には種子島や屋久島などが見えるという。

そのまた向こうの水平線上に湧き立つ雲を眺めていると、かつて幾多の特攻機がこの岬をかすめて雲の彼方へと消えていった苛烈な日々が、昨日のことのように思い出される。潮風に吹かれながらしばし瞑目すると、爆音が轟き、還らなかったわが学友の顔が次々に眼前に浮かぶ。**戦争**という人間のもっとも愚劣な行動の犠牲となった彼らをはじめ、幾万もの人々の声が**海鳴り**となってわが耳を打つ。

われに返り、咲き香るハマユウの花を墓前に捧げる思いで帰途に着く。

本土最南端鹿児島県佐多岬突端

鹿児島県　佐多岬
本土最南端の地、沖の雲間に特攻機の影が

〈海鳴り〉 特攻

昭和二十年五月三十一日　沖縄決戦たけなわ。特攻機相次いで南へ。日本民族総体当りの時至る。唯戦うのみ。我鳥羽に在り健在。ナチ壊滅しドイツ消ゆ。英雄の末路正に哀れなるかな。アメリカはその全力を我に注ぐ。沖縄の死闘何時迄続くか。

忘れもせぬ、昭和十八年の秋のある日、午後の講義が終わった教室で二人の学友が立ち上がり、「皆さん私達二人は飛行予備学生を志願した。今日まで大変お世話になりましたが、お先に失礼します。皆さんも元気で頑張って下さい」と挨拶して出て行った。

我々一同は突然のことに驚いたが、彼らの決意に敬意を表し拍手で送り出した。私はその夜彼らはよく思い切ったものだ、偉い奴だと思いながらも、なぜ今、と何か割り切れぬものを感じた。

それから一年余の後、彼らは**特攻機**に乗り壮烈な戦死を遂げた。わだつみ会編『学徒出陣』（岩波書店、平成五年九月刊）の中で、特攻の生き残り、後藤弘氏は「悠久の大義に生きるという美名の下に、世界戦史に類のない特攻作戦も大西中将の意図どおりにはならず、日本は負けた。彼らの死は果たして何だったのだろうか。結論を先にいうと犬死である。

（中略）論理的にはそうだが、心情的に私は同期生の死を犬死であると、つき離すことは断じてできない」と書いておられる。全く同感である。

初めから生還を全く無視した特攻戦法は、もはや戦術とか作戦とかの名に価しない無策の策としか言いようがない。発案者はじめ、一団の上層プロ軍人は人命を何と考えていたのか。彼らはこと志と食い違った敗北に次ぐ敗北に益々猛り狂い、特攻、人海戦を繰り返し、本土は焼土と化し、沖縄は玉砕し、ついに広島、長崎の原爆焦熱地獄を招来するに至った。

前掲の後藤氏は続けて「生き残ったわれわれは、後輩が再び死の哲学のもとに亡き同期生と同じような道をたどることのない平和な世界をつくることによって、同期生の死は生きるのである」と言っておられる。

なお、特攻に関し、神坂次郎氏は著書『特攻隊員の命の声が聞こえる』（PHP研究所、平成七年十二月刊）の中で次のように述べておられる。

「至純の特攻の若者たちを石つぶての如く修羅に投げ込み、『諸子たちだけに行かせはせぬ、この富永も最後の一機で突っ込む決心である』と、軍刀を振りかざして大言壮語し、戦況不利とみるや部下を放置し、フィリピンから台湾まで、われ先にと遁走した四航軍司令官富永恭次中将や参謀たち。そしてまたニューギニアの戦場に、航空部隊七千人の将兵を置き去りにして敵前逃亡を演じた第六飛行師団長稲田正純少将。敗戦直後、知覧からの〝将軍自身による〟最後の特攻決断を鈴木大佐から迫られ、『死ぬばかりが責任を果たすことにはならない』と唇をふるわせたという六航軍司令官菅原道大中将と、参謀長川島虎之助少将。

そんな彼らが、戦後ながく生をむさぼって、亡霊のごとく老醜をさらしている姿を見るにつけ…」

読後、私は唖然とするのみであった。

北海道　宗谷岬
エトロフ島が戻るまで、ここが日本最北端の地

まず稚内駅からバスで一〇分、ノシャップ岬へ。この岬は海抜わずか一メートル。珍しい平地の岬。一帯は「稚内恵山泊漁港公園」になっており、突端に赤白横縞模様の灯台が立つ。ベンチで一休みの後公園の出口まで戻ると、郵便局の職員が記念切手などの出張販売中だったが、折からの強風で机の上のものが吹き飛びそうになり、皆で懸命に押さえている。応援の意味を込めて切手を少々買ってからバス停へ。

駅まで戻り、稚内公園へ。「九人の乙女の碑」の前には美しい花が沢山供えられていた。終戦時、サハリンの真岡に接近して来たソ連艦隊と日本軍が、激しい砲撃戦を展開し、やがて**ソ連兵**が上陸して来た。八月二十日真岡郵便局の九人の電話交換手は、今はこれまでと、「皆さん、これが最後です。さよなら、さよなら…」と悲痛な別れの声を伝え、全員が青酸カリを飲んで**自決**したと聞く。おそらくソ連兵の軍靴の音が間近に迫っていたことだろう。

公園を一巡のあと、ふたたびバスで宗谷岬へ。波打際に「日本最北端の地」と刻んだ三角錐の碑が、天に向かって立っている。七月というのに北緯四五度三一分一三秒の風は冷たい。オホーツク海の波が静かに岸を洗う。晴れた日には四三キロメートルをへだてたサ

ハリンが、はるか向こうに見えるという。冬になると流氷が一帯を埋めつくし、壮観の由。一度見たいと思うが、零下ウン十度ではとても、と思いつつ、ふと見ると国道沿いに「流氷館」なる看板。うんこれだ、しめしめと妻を誘って入る。

中はまさに冷凍庫。厚手のヤッケを貸してくれたが、顔面はこわばり鼻はツンツン、というところ。一〇メートル四方くらいの部屋に径一メートルくらいの氷塊がぎっしり。これが流氷か！と触ったりなめてみたり。でも形こそ違え、ただの氷、やはり自然の大海原でひしめき合う様でないと、と少々してやられたような気になった。出口に向かうと、氷の上のアザラシのハク製がツブラな瞳で笑っていた。

再び海辺へ。少し晴れ間が出た、サハリンが見えないかなと小手をかざして海の彼方に目を据えてみたが、残念。と、先程稚内公園で見てきた「九人の乙女の碑」が目に浮かぶ。

北海道宗谷岬の日本最北端の碑。海の向こうはサハリン

〈海鳴り〉　本土決戦

当時、私は所用で時々鳥羽の町を歩いたが、昼も夜も町中は静まり返っていた。何年も戦が続き、町から村から若い男達は姿を消し、たまに目につくのは我々兵士ばかり、といった状況。

そうした中、時にけたたましく警報が鳴ると、我々経理室の兵士はすぐ裏山へ待避した。近辺には高射砲や機関銃など対空砲火の陣地はなかったし、我々には小銃もピストルも与えられていなかった。おそらくそれさえ欠乏していたに違いない。米軍上陸の際は、もちろんわが部隊が水際で必死の防戦をするに違いないが、己自身の防御を考えると、頼るはこの軍刀一つかと腰に手をやり暗然とする。

ある日こうして裏山へ待避していると、町の上空に米軍艦載機が現れ、鳥羽港に停泊中のわが海防艦らしい船を襲った。わが防空戦闘機は全く姿を見せず、どこからも対空射撃の音は聞こえなかった。待避した山腹からそっと眺めていると、艦は急に港口へ向かって走り出したが、敵機は機首を下げ、私の目線と同じくらいの高さまで降下したと思うと、艦の真上に進入。と、艦からけたたましい機銃音。やっつけろ！　と叫んだとたん、敵機は何かを投下して上空へ。忽ち爆発音、そしてもうもうと白煙が上る。

やがて煙が消えると敵機はすでに去り、我が艦は海中に沈没。私はただ切歯扼腕。次の日、米機はまた来るに違いない。もしものことがあってはと、私は所管のドラム缶入りのガソリンを全てトラックで背後の朝熊《あさま》山の中腹に運び上げ、山林の中に転がしておいた。

私のいた部隊経理室の向かいに、医務室があった。その家で開業していた医師が軍医として出征し、空いていたのを部隊が借用したもの。何時も軍医中尉と衛生曹長が詰めていた。

ある朝医務室の前で私がこの衛生曹長と話をしていたら、家主の小母さんが出て来て、〝ああ、萬濃さんにもこれを一つあげましょう。いざという時、私はこれをこうやって耳の穴に入れておくんです〟と、紙に包んだ小さい物を差し出した。開けてみると大きさも形も外米に似た、黄色い半透明の物体。ストリキニーネだと言う。あの猛毒の、たしかアフリカのギニアなどで産する植物からつくると聞いた。ん、一体どうしたものかと一瞬迷ったが、何かの役に立つかも、それにせっかくあげようというご厚意だ、と頂戴することにした。だが、どんな時にどう使うのか、武器の代わりにもなるか。でもこんな小さなもの、しかも猛毒、うっかりした所には置けぬ。私の寝室は数人の主計下士官と同室だからまずい。自分が毎日管理しているこの倉庫が最も安全、とその机の引出の隅にそっと入れておいた。いざ**本土決戦**という日が来て、ここを動く時にそれを身につけよう、と考えたのだった。

昭和二十年六月二十八日　一億討死の時至る。沖縄既に玉砕。

七月二十六日　米英華三国、対日ポツダム宣言発表。

愛媛県　佐田岬

ここは四国の西の果て、長さは五二キロと日本一

と言ってもここはあまり観光ずれしていないので、ご存じの方は稀？　足摺宇和海国立公園の一角にあり、右に瀬戸内海、左に太平洋、細かく言えば右に伊予灘、左に宇和海の絶景が広がる。と言えば、ああ、あの細長い岬か、となる。巾わずか三〇メートルの所もあるそうな。地図を開いて見ようとすれば、余りに長過ぎて、肝心の突端を省略したり、別図にした欠陥地図も多い。

ＪＲ予讃線八幡浜駅から先頃開通したメロディーラインをバスで三崎港まで一時間余、途中右手の海岸近くに白い建物、ああ、あれが伊方原発かな、と見ているうちに通り過ぎる。次いでタクシー三〇分、徒歩二〇分、ツバキの林を抜け出ると、一九一八年（大正七年）に建てられた高さ一八メートルの八角形の灯台が白く輝いている。向こうは豊予海峡をへだてて大分県。佐賀関にある精錬所の大煙突から立ち昇る煙がよく見える。バカと煙は**高い所**に登りたがると言うが、当方はこれを横にした岬に立ちたがる。ここで図らずも縦長のバカと横長のバカが向かい合うハメとなり、思わずニヤリ。

風と波と光の中でしばらくウットリ。さて宿へと歩き始めると、向こうから宿の小母さんの車、「すごい大雨！　これは大変とお迎えに来ました」とあたりを見回し、首をひねる。

こちらも「えっ、この上天気に雨?」と首のひねり合い。しばらく車に揺られ、ひなびた漁港のそばの宿へ。あたりはまさに大雨の跡。なるほど! なが―い岬だと改めて感心。

なお、国土地理院によれば、**岬の長さ**なるものは公式には存在しない。標高のように基準となるものがない、というのがその理由のよう。

夜は小母さん手料理の海々の珍味に舌鼓と相成る。これは何という魚だろう、あれはヒラメらしいな、とゆっくり一杯やっていると、私の目の前の大皿に盛った刺身の中で、クルマエビがピクッと動いた。いつかの新聞報道によると、オーストラリアのシドニーを含むニューサウスウエールズ州では、動物虐待防止法を改正し、エビやカニなどの甲殻類を苦しませながら調理したり、飼犬に恐怖を与え

愛媛県佐田岬のなが―い展望

ると、最高二年間の禁固刑か最高一万一〇〇〇豪ドル（約九三万円）の罰金、あるいは両方の刑を科すという。そして同州農業省ではごていねいに〝甲殻類に苦痛を与えないためになるパンフレットを作り、料理法を細かく説明している由。要するに中枢神経をまず破壊してから料理しろということらしく、オドリ食いやピクピク身が動いているのを食べるなどは、とんでもないということになる。

もちろん我々が時々食べるエビの刺身なども水槽の中で楽しく泳いでいるのを引きずりだし…なんてことで槍玉に上がるのでは。もともと、こうした少女的感傷的発想はオーストラリアの母国イギリス人が得意なのかも。

牛やニワトリを殺して食べるのと、エビのオドリ食いのどこが違うのか。下手をすると、付和雷同型先生の多い日本でも、オドリ食いはもちろんどじょうについても駄目、ハマグリの酒むしも駄目となるのでは。ご心配のグルメ派は早急に先制の手段を。

〈海鳴り〉　原爆投下

今日はバスの窓から伊方原発の建物をちらっと見た。こうした原子力発電はその平和的利用として結構なことかもしれないが、かつて原子力爆弾の惨害を蒙った我々日本人にとっては、**原子力**と聞くと、どうしてもまず抵抗を感じるのでは。

昭和二十年八月六日、米軍機が広島に**原爆**を投下し、二〇万人以上もの市民の生命を奪った。当時、志摩半島の本土防衛部隊にいた私達には何の伝達もなく、ただ一般市民同様、新聞で米機が広島に新型爆弾を投下したことを知っただけであった。だが、その生地獄《いき》のような惨状が次第に明らかになった。

その日、私が青春時代を過ごした第二の故郷、広島は無残に潰滅した。そして母校旧制広島高等学校も、青春の砦となっていたその薫風寮も倒壊し、多くの恩師や友人が犠牲となった。戦後数年経ってようやく広島を訪ね、母校の跡に立った時、真に万感胸に迫るものがあった。

ところで、原爆投下五〇周年に当たる平成七年、アメリカのスミソニアン航空宇宙博物館が被爆者の遺品や原爆を投下した米軍機エノラ・ゲイなどを展示する「原爆展」を企画した。それは原爆投下は日本の降伏を早め、米国民の犠牲を少なくするなどの正しい使命のもとに行われたものだ、という従来からのアメリカ側の主張に対し、〝そうですかね、アメリカ兵の犠牲を少なくするために、**非戦闘員**である広島や長崎の市民二八万人余を**焦熱地獄**に陥れてよいものでしょうか〟と原爆投下の意味を問い直し、反省を迫るものになるはずであったのだが、米議会や在郷軍人会が真向から反対し、当時のクリントン大統領もこれに賛同し、原爆展は中止され、おまけに博物館長マーティン・ハーウィット氏は辞任に追い込まれてしまった。

私はこのようなアメリカ人に、広島原爆資料館で見たあの**黒焦げの弁当**や、銀行の石段に**焼き付けられた人影**、そして丸木夫妻の原爆の図などをぜひ見せてやりたい。焦熱地獄の中、水を求めてもだえ死んだ多くの人々の苦しみを少しでも味あわせてやりたい。アメリカ人は加害者として世の指弾を浴びるのを避けるため、原爆展を中止したのだ。

このことがあって一年後の平成八年十二月、第二〇回世界遺産委員会は世界遺産条約に基づき、原爆ドームを、アメリカが不支持を表明したにもかかわらず、世界遺産とすることを決定した。それは、原爆展に関するアメリカの態度に大きな鉄槌を下し、ひいては原爆投下を断罪したものといえる。こうして原爆ドームは人類の自戒を促す「負の遺産」として、また核廃絶の一里塚として、長く保存されることになった。

広島の原爆ドーム

さて平成十年、核拡散防止条約（NPT）に加盟していないインド、パキスタン両国は加盟一八六国を横目に核実験を実施した。

また、米ロ両国は核爆発を伴う実験を全面的に禁止する「包括的核実験禁止条約」（CTBT）が平成八年国連総会で採択されたにもかかわらず、未臨界核実験なる抜け道の実験を実施した。

こうして、日本をはじめとする、真剣に核廃絶を念願する国々の努力にも拘わらず、核は世界中に拡散する兆しを見せている。一体、人間はどこまで馬鹿なのか。今や核兵器は全人類を一五回も殺せる程存在しているという。隣国同士、核弾頭を付けたミサイルを構えて睨み合い、どうしようというのか。

アメリカを始め、核保有国の人々に言いたい〝今一度、レッドデータブックをよく見なさい絶滅危惧種…**人類**、と大きく書いてあるではないか〟と。

最後に、次に掲げた**記録その一**は、広島に原爆が投下された当時、日本製鋼の広島制作所に工場動員されていた旧制広島高等学校の生徒と共に寮に居住し、その引率教官を務めておられた山下恒次教授が記録された「生徒動員日誌」の一部である。原爆の惨禍と私の母校の生徒らがそれによって蒙った苦難の状況を少しでも世に伝えたく、ここに収録した次第。なお、原文にあった細部の注釈などは省略した。

記録その二は原爆の惨禍を体験した人々を中心とした「廣高同窓有志の会」平成九年八月編集発行の「ヒロシマと廣高―被爆五二年・回顧と追悼―」に掲載された原爆体験記の一部である。記録その一と同様の主旨からここに収録させて戴いた。なお、同書には同様の体験記など百篇ほどが収録されている。

記録その一

生徒動員日誌より

八月六日（月）　晴

一、本日公休日、二年生指導ノ寮ノ行事アル筈ナリシモ、寮宣誓署名式オクレ、本日三寮ノ署名式ヲ行フ為メ、他ノ一年生ニハ外出ヲ許スコトトナル。

一、朝食後、六時頃ヨリ三々伍々広島市へ外出ス。

一、余ハ、六時半ヨリ今マデ当学徒隊ノ職務ノ為出席出来ザリシ第二報国寮ノ軍事講習ニ、公休日ヲ利用シ、出席セントシ出発。

一、中島教官ハ、七時頃当寮ヲ去リ帰校ノ予定。

一、午前七時、第二報国寮軍事講習場ニテ、警報発令ヲ聴ク。

一、八月十分頃、空ニ爆音ヲ聴キ居タルモ、ソノ爆音最モ近クナリ頭上カト思ハレル頃、閃光アリ。二、三十秒ノ後、大音響ト共ニ爆風。直チニ地上ニ伏ス。広島ノ空ニ白煙天ニ沖スルヲ見ル。

第二報国寮近辺ノガラス戸全部壊レ、家屋小破ス。

一、九時、山下帰寮。
二年生ハ、宣誓署名場ニテ防空幕ヲ下シアリシ為メ、幸ニガラス飛散ニヨル怪我人ナシ。二年ニ井谷ト食堂ニ食事中ノ一年生某、脚部若クハ背部ニガラスヲ指シ者アリシノミ。

一、十時頃、一般罹災者ト共ニ顔面・胸部ヲ真赤ニヤケドシ、殆ンド裸体トナリシ広高生、広島方面ヨリ歩イテ帰へリ来タレルヲ迎フ。全身ノヤケドニヒルマズ、寮歌ヲ高唱シ帰へリ来タレルモアリ、凄惨。

一、直チニ舎監室ヲ臨時救護所トシ、救援ニ当ル。教員住宅ニモ五名収容。

一、岡村啓一、重傷ニテ友人四人ニ車ニ乗セラレテ帰ヘル。気力ハ旺盛。岡村ハ寮、三寮ノ部屋ニ収容ス。

一、正午近キ頃迄ニ十数名負傷帰寮。

一、十一時、二十名ノ迎ヘノ生徒（栗栖班長）ヲ広島ニ派遣ス。

一、午後二時迄ニ帰ヘレル者、二十五名ナリ。

一、松田所長来寮、所長ト共ニ当寮ニテ中食。

愛媛県　佐田岬
ここは四国の西の果て、長さは五二キロと日本一

一、松田所長ヨリ学校ヘノ連絡ヲ依頼サレ、栗栖・沖田・佐藤義則・松川ノ四名ノ生徒ヲ率イテ非常線ヲ突破（松田所長ノ代理名義）、帰校。午後四時三〇分、山下学校着。

一、途中、車庫前ニテ五名、広島近クニテ一名、兵器廠南ニテ一名ノ帰寮生徒ニ会フ。高師生ノ五名ニ出会ヒ高師ハ全壊、高工ハ焼失中、高校ハ半壊ナレド現存ト聴ク。

一、校長ニ、松田所長ヨリノ工場ノ現状ヲ伝言。寮生ノ罹災状況ヲ報告。校長室ニテ、鳴沢・清家・潮田・森・岡田諸氏ニ会フ。教官室ノ細川教授遺骸ニ焼香。

一、学校ヨリ若干ノホータイ・薬ヲ受取リ、ソレト昨日学校着罹災ノ伊藤久米男ヲ伴ハシメ、栗栖ヲ先ヅ帰寮セシム。他ノ生徒三名ハ、校長官舎ノ手伝ノ後帰寮。山下、夜帰寮。

一、岡村啓一、昼間経過良好ナリシモ、夜ニ入リ尿出デズ、膀胱ニ管ヲ通シタル処、血液ノミ出ヅ。岡村ハ、八時広重ノ宅ニ遊ビニ行キ（広島市）、広重ハ階下ノ厨ニ下リ、岡村二階ニ在リ時《ママ》　爆撃ヲ受ク。広重ハ無事ナリシモ、岡村ハ二階ト共ニ倒レ、梁ノ下敷トナル。広重等助ケ出シ、車ニ乗セ、本日午前中帰寮ノモノ。山下帰寮後容態急変ノ為メ、山下直チニ舎監ト打合セ、宿直医林医師ヲ余自身ニテ第二誠心寮ニ迎ヘニ行ク。林医師広島市楠町ニ帰リ居リ、宿直医師ナシ。止ムナク海田市ノ大林内科医ヲ訪ネタルモ、之モ親戚ニ怪我人出デ、其方ヘ出向キ不在。残念ナガラ深夜ノ来診医師ナシ。山下・西川・三野・岩政ソノ外一年二名バカリニテ徹夜看病ニ当リ、夜明ノ約束

ノ医博ノ来診ヲ待ツ。

八月七日（火）晴
午前六時、山下更ニ工場病院ニ行キ督促。七時、医師来診。梁ノ打撲ニヨリ腎臓破裂、脊椎モ打チ手術モ甲斐ナシト、昨夜ヨリ強心剤ノミ打続ク。
一、午前八時十三分、岡村啓一、手当ノ甲斐ナク遂ヒニ逝ク。直チニ弘重外一名ヲシテ柳井ノ岡村宅ニ急報セシム。

八月七日（火）晴（「八月七日」が重複しているが理由など不明—筆者注）
一、午前七時、今朝迄ノ行方不明者十七名ノ捜索ノ為メ、捜索隊ヲ出発セシム。捜索ノ上学校着ノ予定。人員六十名余、西川指導。捜索ハ各寮毎ニ行ハシム。上野教授母堂避難中ノコト、学校へ連絡セシム。
一、怪我人看病ノ為メ、本日工場ニ出勤セシメ得ル人員ナシ。教育課保坂氏ニ右報告、諒解ヲ得。
一、教官住宅ニ収容ノ者、山沢和夫・坂木茂雄・三宅昭二郎・上野教授母堂ノ四名。特ニ山沢ハ火傷最モ甚シキニ付キ、看護ニ留意ス。
一、日中度々空襲警報、待避命令発令。

一、三宅昭二郎父来訪、教官住宅ニテ三時間程看護ニ当ル。

一、午後、広島ヘノ捜索隊逐次帰寮。六寮捜索隊、東練兵場ニテ五名ヲ発見セリト報告アリ。学校ヨリハ、更ニ明日モ応援ヲ頼ム旨、伝言アリタル由。宇品運輸部ニ収容サレ居レル者、若干アルコト判明。サレド、之ハ先方ニテ引渡シヲ肯ゼズ、氏名ノ報告モ拒ミ、充分ノ責任アル手当ノ後、氏名ハ学校ニ報告トノコト。之ハ軍ニ信頼シ、看護ノ手モ充分届クコトナレバ、運輸部ニ委セルコトトス。帰寮ノ者甚ダ疲労シ居ル為メ、東練兵場ニ怪我人受取リニ出スコトハ直チニハ困難、二時間程午睡セシメタル上トス。

一、ソノ間、山下会社側ニ交渉。西練兵場ヨリ擔架ニテ東蟹屋ノ工場ニ運べバ、ソノ診療所ニテ手当モスルシ、尚三報ニ運ブ場合ハ、会社ノトラックニ乗セルコトトス。

一、三野ノ父母来寮。怪我ハアレド両人無事ニテ、三野喜ブ。報告ニヨレバ、西川ノ母ハ逝去セリト。

一、夕食後、東練兵場負傷者引取隊ヲ出発セシム。怪我人ノ病状ト西蟹屋診療所ノ手当模様ニヨリ、西蟹屋ニ治療ヲ托スルモヨシ、三報ニ伴レ戻シガ可ト認メタル場合ハ、担架或ヒハトラックニテ運ベト注意ヲ与ヘテ、人員三十名出発セシム。三野・佐藤指揮。

一、山沢和夫・大宮正雄等重傷者ヨク頑張リ、大火傷ト闘フ。

一、八時半頃、東練兵場隊引返シ、暗クナッテ果タサズト。止ムナク明朝早ク再ビ隊ヲ出スコトトス。

一、今宵ハ怪我人比較的落付キタルニヨリ、当番看護人以外ハ眠ラシム。

八月八日（水） 晴

一、午前四時、東練兵場ヘノ救護隊ヲ出発セシム。担架・毛布持参。

一、右ノ中一部ハ学校ヘ立寄ルコトヲ命ズ。

一、昨日工場ニ送リタル岡村啓一ノ死体、本日正午頃両親来寮ノ見込ツキタルニヨリ、再ビ第三報ニ受取方、早朝会社ニ交渉ニ行ク。

一、会社右係吉田氏ノ許諾ヲ得、岩政以下六名ノ生徒ヲ受取リニヤリ、岡村ノ居室ニ再ビ安置ス。

一、午前、教官住宅ニ山沢ヲ診療ノ医者、山沢ノ火傷ヲ診テ、既ニ諦メテ治療ヲ為サウトセズ。薬ガ惜シイ、無駄ダ、コノ生徒ハ捨テヽ呉レト言フ。余、心中大イニ憤リ、表面ハ穏ヤカニ医師ヲナダメ、スカシ、オダテ、アラユル努力ヲ為シテ、遂ヒニ山沢ノ大火傷ノ全部ノ手当ヲ為サシム。実ニ山沢一人ノ治療ニ二時間ヲ要セリ。尚ソノ上強心剤ノ注射ヲ二本為サシメ、後刻ノ為、病院ヨリソノ医師ノ処方箋ニテ強心剤ノ水薬ヲ取ラシム。

之ニヨリ、山沢ノ生命ヲ取止メルコトガ出来ルト思フ。
一、東練兵場救助班、五名ヲ運ビ来タル。
中一名、西蟹屋会社救護所ニテ午前八時十分息絶ユ。福山誠之館中出身、六寮杉原卓之ナリ。直チニ福山在ノ両親ニ生徒ヲ派シ、急報セシム。
一、行方不明者ノ一人白石博、無傷ニテ忽然ト帰寮。
中山村ニ避難、腹痛・下痢ニテ帰寮出来ザリシト。昨夜来寮中ノ母ト共ニ喜ブ。

記録その二
ヒロシマと廣高―被爆五二年・回顧と追悼―より

炎熱地獄に消えた友

星埜　惇（昭和23理乙二）

中等学校令の改正で一年早く昭和二十年三月に卒業となり、めでたく廣高に入学できたのだが、実際は七月末まで進学は停止され、そのまま東洋工業（現マツダ）での勤労動員が続いた。八月一日にようやく晴れて廣高生となったが、校門をくぐることなく、即日海田市の日本製鋼へ動員となった。「薫風寮」の看板を掲げた向洋寮への入寮でもあった。八月六日、中学三年以来一年四カ月休みなく働いた私たちに、移動に伴う休日が一日だけ与えられた。県外から来た同僚の友人たちは広島市内の見物を望み、私も同室の友人たちを案内する約束をした。ところが、寮の先輩から、広島付近の寮生は自宅から食糧を調達してくるよう命じられ、私も呉市広町の家に戻ることになった。向洋駅で朝七時五十分頃、西と東に手を振って別れたのが運命の分かれ道となったのである。

呉線坂駅の辺りであったか、突然客車の中に真っ青な電光が走った。列車はしばらく停車したが、やがてまた走りだした。「こりゃあ広島のガスタンクが爆発したんじゃろう」などと話す乗客の声が聞こえた。

やがて、呉を過ぎ広の自宅に着いた私は、家から飛び出して来た母に言われて西の空を見た。真夏の太陽に輝くピンクのきのこ雲が、広島辺りの上空にもくもくと盛りあがっていくのが見えた。不吉な予感にかられた私は母に食糧を調えてもらうや、すぐ慌ただしく駅に走った。

帰りの汽車は海田市駅で停った後、先へは行けないと伝えられた。海田市駅の陸橋の上を延々と連って声もなく歩いてくる幽霊のような人たち、手を前にかかげ、裸に切れ切れの襤褸をまとい、血と砂に塗れて、虚ろな目をして黙々と歩む人たちを見た。すれちがいに、何があったんですかと聞いても返事はない。駆け込んだ寮（第六寮）の玄関はゲタとガラス片が散乱し、異変があったことを感じさせたが、人影はなく、寮内を走り回って見つけた寮生からも何も聞けなかった。六十人の寮生のうち、夜までに帰寮したのは数人、広島の状況を初めて聞いた私たちは軍のトラックに便乗して、広島に向かった。

目を疑う一面の焦土、ただよう煙、たちこめる異臭、あちこちに見える赤黒い火、駅前の形骸だけの電車の下に散らばる白骨。友人たちはまず泉邸に集まってストームにしてから市内に出かけると聞いたので、私たちもまず泉邸に向かった。しかし泉邸には何もない。北回りに駅周辺を探して東練兵場に向かった。練兵場前面に横たわる人、人、人。お婆さんが私の足をつかんで水をせがむが何もできない。高校生はいないか、と叫ぶとあちらにいると教えてくれる人がいた。行ってみると小学校高等科の生徒であった。練兵場の東の出口辺りで、同室のSらしき友を見つけた。なぜこんな所でと思うほど泉邸からは離れているが、確かにSである。肌の色はもはや青銅色に変わり、鼻孔と唇は炭化して膨れあがっていたものの、かすかに秀麗だった面影がうかがえた。彼は、帰りのトラックの荷台で覚えたばかりの「銀燭揺らぐ」を口ずさんで息を引きとった。その日か次の日か定かでなくなってしまったが、広島の中心部を回った。あちこちの川辺には膨れあがり性別も定かでない死体が重なりあって流れ、防火用水の水槽には上半身をつっこんだ死体が目についた。デパートの剥出しの床には沢山の人が横たわり看護を待っていた。多くの体験記で語られる状況を、私はすべて見た。

そして泉邸の西側を出た所で、もう一人の友人Fを見つけた。状態はほとんどSと同じであったが、彼は連れ帰ってしばらく息があった。しかし何を言っても答えず、炭化した口には水も食物も通らず、赤チンと胡麻油を皮膚に塗るほか何もしてやれなかった。まだ生きているうちから全身に蛆が湧き、取っても取っても次から次に増え、このため通夜の夜には体が動いて生き返ったと思った。亡くなった跡の布団の下には人型がはっきりと畳に映って、二度とそこで寝ることはできなかった。

その後しばらく、寮に運びこまれる市民の死体を裏山に穴を掘って投げこみ、鉄板をかぶせて焼却する「作業」に従事した。焼け爛れ、膨れあがり、性別も判らぬ異臭の中の「作業」で、私たちもまた人間としての尊厳を死者とともに失い、人間ではなくなっていた。十七、八の前途ある友や市民をあのように殺した原爆が許せるか、この惨状を招いた戦争がなぜ起こり、なぜ早く終わらせられなかったのか、国家、そして国民の責任をどう考え、これからどう平和で核のない世界をつくっていくか、これがその後の私たちの生涯の課題となっていくのである。

（福島大学名誉教授・福島県原爆被害者協議会事務局長）
（福島市在住）

原爆投下前後のこと

坂本知三（昭23理甲三）

廣高の入試を受けるため、大阪から八時間ばかりかけて試験前日、広島に到着しました。客車の海岸側の窓には眺望を遮るためか、ベニヤ板が打ちつけてあったのが印象に残っています。入試は学科と体力についてテストがあり、体力の部は簡単な軍装でグランドコートを駆けるものでありました。半周したあたりで一団で走っていたのについてゆけず、たまたま隣を走っていた村井陽一郎君（文甲）に落伍すると声をかけますと、俺ももう限界だから落伍すると云う。二人そろって一番先に脱落し、これでは体力テストで不合格になるだろうと観念しておりましたが、後日二人共それぞれ希望の科に合格いたしました。村井君は直接被爆しなかった為、反って原爆投下直後の被災地に入り積極的に同窓の捜索、救出に当たられ、また被爆者の救済を訴えて宝塚大劇場の舞台にかけ上り、募金をつのるなどの活躍は忘れることは出来ません。彼は放射能の影響もあって若くして他界されましたが、まことに惜しい人物であります。私のように直接被爆したものが生き残り、彼のように投下後の被災地で救援に当たった同窓諸兄が二次被爆で後遺症に悩まされた例は枚挙に遑がありません。

放射能による被害は目にみえないものでありますから。

この年に入学を許可された県外からの遠方組は、とりあえず薫風寮に入ることとなり、新しい寮生活を体験しました。短い期間でありましたが、いろいろエピソードが生まれました。この時期、既に出身地大阪は再三に亘る空襲にさらされ、焼夷弾の洗礼やグラマン機の銃撃を受け、戦争のきびしさを実感しておりましたが、広島での生活は空襲や銃撃も無く束の間の青春を楽しむことが出来ました。この薫風寮生活はほんの一時のことで、やがて新入生一同は向洋にある日本製鋼広島製作所に勤労動員されることになり、薫風寮から会社の寮に移り住むことになりました。

八月六日は作業が休みで外出してよいことになり、遠方組で薫風寮に残した物を取りに行く用のある者、同僚二人と私の三名が皆実町に向かったのが午前七時過ぎでありました。汽車で一駅の広島駅で下車、市電に乗るため駅前の停留所に参りましたが、待人多く、電車の便数も少ないようなので、寮まで歩こうということになりました。人間はにぎやかな通りを好むのでしょうが、私達は駅を南下し京橋川を西に渡り切ったところ、橋の袂から少し離れた場所と記憶しています。突然ピカッと光って溶鉱炉に投げ込まれたように感じました。青天の霹靂と申しますが、まさに青天に閃光と轟音であります。ショックで失った意識がおぼろげながら戻ったのはどの位の時が経ってからだったのか、定かではありません。あたりは阿鼻叫喚、幼い頃見た火炎地獄絵図そのものであります。私は死んでその地獄に送りつけられたと、てっきり思いました。友人とはぐれ、衣服は火がついて自分で脱いだのか焼け落ちたのか覚えてませんが、裸同然の褌姿で炎をさけ、風上に向かってさまよい、辿り着いた比治山下あたりで救助され担架に乗せられたのをうろ覚えに覚えています。降りそそぐ落下物による傷と火傷による水ぶくれの裸姿は、二目とみられぬものであったろうと思います。助けられた途端に意識を失い、意識が戻ったのは向洋の会社の大広間でありました。敗戦で戦争が終わったことを知らされた訳ですから、意識不明は二週間以上に亘っていたことになります。半身に及ぶ火傷の痛みは尋常のものでは無く、やがて訪れる死を覚悟した心境でありました。皮膚が焼けただれた重度の火傷の治療に施すべも無かったと思います。正視に耐えない周囲の火傷の人達を見回しながら、人間の尊厳の立場から、激しい怒りの感情を押さえることは出来ませんでした。私はお陰で周りの人達の暖かい看病やはげましを受けて徐々に回復して現在は顔、首、手、足にケロイドを残すだけとなりましたが、振り返りますと被爆後十年は頭髪の抜け、歯の弛み、血球の不安定などいろいろな症状に悩まされました。私は病の抜けぬ身体をカバーしながら学生生活を全うしようと努力しましたが、八月六日の広島のあの惨状は脳裡に焼きついて離れず、原爆に関わって私に先んじて亡くなった同窓諸兄に痛恨の情を禁じ得ません。

（松江市在住）

愛知県　伊良湖岬

渡り鳥の名所、向こうに霞むは志摩半島のわが古戦場

メロンや電照菊の栽培で有名な渥美半島の突端が伊良湖岬。万葉の昔から幾多の文人墨客が訪ねた景勝地である。終点でバスを降り、照葉樹林の中を海への道をたどると、美しい小鳥のさえずりがあたりを包む。ここは**渡り鳥**の渡りの地点でも有名な所。

日本列島には五〇〇余種の野鳥が生息し、大半が大なり小なり渡りをするが、その多くが通過休息するのがこの岬。特に秋にはタカの一種サシバが数千羽群をなして次の中継地志摩半島目指して飛んでゆくのが見られ、全国からバードウォッチャーが集まるという。

美しい声に私が聞き惚れていると、妻がこれをテープに収録。ちなみにこのテープレコーダーはカメラとともにわが旅の必携品だ。前日訪れた奥三河の鳳来寺山は〝ブッポウソウ〟と鳴くために別の鳥「仏法僧」と長い間取り違えられていたコノハズクで有名だが、この鳥が鳴くのは初夏から秋。そこでやむなくそこの自然科学博物館のテープから問題の鳴き声を録音してきたのだが、これなどT・Rの効能まさに大、と言えるのでは。

さて、さらに行くと伊良湖岬灯台が見えてくる。高さ一五メートルと小柄で無人だが、潮流激しい航海の難所伊良湖水道の安全を守っている。この先一キロメートルほどは白砂の浜が続き、松の緑と空の青、海の碧が混然として美しい。道端に「恋路が浜」の立札。

愛知県　伊良湖岬
渡り鳥の名所、向こうに霞むは志摩半島のわが古戦場

先ほどからしねしねとくっついた若いカップルがいやに大勢やって来るが？　と気になっていたが、ウン、ナルホド！　だがここには昔、許されぬ恋に陥った男女が悲しみの果てこの浜で貝になったという秘話がある。彼らは多分そんな話は知らないか、知っていても気にしない現代っ子。そうだ、それ式でわれらも手に手を取って！　とはならなかったが…。浜辺に腰を下ろして海の彼方に目をやると、霞んで見えるのは志摩半島、あれはわが懐かしの古戦場。

戦後しばらくして半島の方々を訪ねた時、先端の大王崎で、**海鳴り**が聞こえるという大きな白い巻貝を買った。耳に当てると、ブォーと不思議な音がする。南海に沈んだわが友が語りかける声なのか、それとも**戦争**という人間の愚かしい行為を貝が嘆

愛知県最南端伊良湖岬

く声なのか…。
やがてわれに返ると志摩半島はもう夕暗の中。宿への途を急ぐ。

〈海鳴り〉 終戦

日本の**敗北**が決定的となった昭和二十年春以降も、そして沖縄が全滅してからも、日本の上層部は降伏の時期やその条件に決断を下せず、その間大陸に南方に大きく広がった戦線で幾万もの兵士が無駄な死を強いられた。そして原爆が落とされ、ソ連が参戦し、さらに多くの兵士や民衆の命が奪われる結果を招来してしまった。
その間、私がいた志摩半島の部隊では、米軍が猛烈な艦砲射撃や爆撃のもと、大挙して上陸して来るに違いないと、壕を掘り陣地を構築し、水際でこれを撃退阻止する構えを堅持していた。

昭和二十年八月十一日　日ソ開戦、来るべきもの来る、の感あるのみ。四周是皆敵、只戦いあるのみ。何時の間にか真夏が来てまた去ってしまいそうな気配。正に海の夏。もうもうと大地は茹だる。乱雲海面に屹ゆ。世は戦の世なり。米ノ庄村へ我が家は疎開。父母寂しく住まいたまう。我が帰りゆくまで御待ち下され。特攻機南へ征くを見る。頼母し、心切に祈る。

こうして米軍上陸を待つこと数カ月、八月十五日が来た。翌日背後の丘で、部隊長以下本部員の見守るなかで、軍旗を焼く。皆ただ黙して語らず。私の胸中には、すべては終わった、俺は生き残った。だがこれからどうなるのか、どこかへ連れて行かれて強制労働させられるのでは、いずれにしても敗者にろくなことはありえない、といった思いが慌ただしく去来した。

この懸念はソ連軍と戦った将兵には現実のものとなった。ソ連は一九四五年八月九日、突如日ソ中立条約を一方的に破棄し、ソ連軍は旧満州や樺太国境を越え、本土防衛などのため兵力を割き弱体化していた日本軍を一気に壊滅させたうえ、捕虜とした将兵などをシベリアその他の劣悪極まる条件のラーゲリーに**強制収容し**、長年にわたり鉱山での採掘や森林伐採などに彼らを**酷使**した。その数約五八万人、うち死者約五万五〇〇〇人に及ぶ暴挙であった。この事実は、ソ連が消滅した今も日本人にとって永久に忘れてはならないことといえよう。

幸い内地にいた部隊はこうした目に遭わなかった。私のいた部隊ではある中隊で、日頃威張り散らしていた下士官が終戦の夜部下から袋叩きに遭った、といった程度の騒ぎがあ

愛知県　伊良湖岬
渡り鳥の名所、向こうに霞むは志摩半島のわが古戦場

ったただけで、終戦後数日のうちに部隊は解散し、各自夫々の故郷へ静かに、そしてほっとした表情で帰っていった。そこには「いや、俺は日本のため国民のためあくまで戦うのだ」などといった空気は微塵も感じられなかった。それは「えい敗けて口惜しい、くそっ」などといった「敗戦」ではなく、「終わったか、やれやれ助かった」といった「終戦」の雰囲気であった。さきに**〈海鳴り〉海軍**、の末尾に書いたが、陸軍も海軍も「自ら進んで戦う兵士」を養成しなかった。だから兵士の大部分は内心「終戦」を歓迎したのではなかったか。

ご参考までに、さきに**〈海鳴り〉残飯**で掲げた、大江志乃夫著『徴兵制』から次の記述を掲げておく。

「本土にあった三七〇万の軍隊の兵士が、はやばやと武器を捨てて帰郷の途についたことは、連合国軍にとっても予想外のことであった。

もし、兵士たちが、家族を、郷土を、国土を防衛するために主体的に武器をとっているという意識を持っていたならば、たとえ誰の命令であろうと、そう簡単に武器を捨てたであろうか。(中略)

徴兵制のもとで徴集、召集された兵士が軍隊生活のなかでかたときも忘れることのなかった夢は、満期除隊つまり兵士から民衆に回帰する日の夢であった。『本土決戦』体制は、兵士に対する確実な死の強制であった。大本営陸軍部が配布した『国土決戦教令』には、

愛知県　伊良湖岬
渡り鳥の名所、向こうに霞むは志摩半島のわが古戦場

つぎの二カ条が明記されていた。
第十一　決戦間傷病者は後送せざるを本旨とする。（中略）
第十二　戦闘中の部隊の後退は之を許さず。（中略）
このような確実な死の強制からの突然の解放が降伏であった。死から生への突然の転換が兵士を民衆に戻した」
あの戦争の始めから終わりまで、後ろにあってこのような〝**死の強制命令**〟を出しつづけた、大本営や参謀本部にいた人間はどのような心の人間であったのか。
なお、私のいた経理室では、戦闘用に貯蔵していた食糧、被服、物品などは全て部隊全員に公平に分配した。兵の中には馬やトラックをもらって乗って帰った者もいたようだ。

北海道　納沙布岬（のさっぷみさき）
みんな待っている、北方四島を早く返せ！

ここは根室から二三キロメートル、**日本最東端の岬**。北方領土は目と鼻の先。この辺は太平洋とオホーツク海が交わるため、夏は霧の名所でその日も島は見えなかったが、早速ロシアに向かって〝**島を還せ**〟とシュプレヒコール。若き日国会周辺のデモで「安保反対」を叫んだ頃を思い出す。

岬の台地上に納沙布灯台が立つ。一八七二年（明治五年）の建設で道内最古の由。前は二〇メートル程の断崖で、白亜の灯台が海に映えて美しい。付近に四島の早期返還を願って建てられた大きな鉄製のブリッジ「四島《しま》のかけ橋」があり、その下には我が国最南端の沖縄県波照間島で採火した聖火が赤々と燃えている。この他四島の写真や模型を展示した「望郷の家」「北方館」や「平和の塔」などもある。

先頃ロシアではエリツィンに代わってプーチンが大統領になったが、北方領土返還については相変わらずの消極的態度。私は冒頭この地を日本最東端、そして先に宗谷岬を日本最北端と言ったが、これは本来大間違い。エトロフ島のラッキベツ岬が日本の最東端且つ最北端の地なのだ。この島が返還され、ラッキベツ岬の先端に立ち〝**海鳴り**〟を聞かなければ私達の岬への旅は終わらぬ。私はやがて八〇歳だがまだ死ねない。もう一度叫ぶ。〝島を、四島全部早く返せ━〟

八つ当たりはこれくらいにして先を急ごう。知床は近い。途中羅臼を通る。でかいタラ御殿が軒を連ねているのを見たら、いつか見た徳島県は鳴門のイモ御殿を思い出す。タラやイモの御殿なら誰やらの成金御殿に比べ立派なもの。住み心地もよかろうぜ。

知床峠を登ると標高一六六一メートルの羅臼岳の残雪が陽に輝いていた。登ってみたいがちょっと無理。下って知床五湖見物。立ち売りの生牛乳がうまい。突端の知床岬まで行くにはヒグマが恐い。観光船に乗ればオジロワシやオオワシが翔ぶすごい秘境が見られるそうだが、日程の都合で断念、川湯温泉へ。汗を流しチビチビやっていると、またもやムラム

日本最東端北海道納沙布岬

ラ。何だ、バカデカイ領土を抱えていながら、島ひとつ還さぬケチ。おまけにその領土を開発できず日本に投資してくれの、金を貸せの、あげくの果ては返済を待ってくれのと、あまりに虫がよすぎやしまへんか。

酔いが回って子供の頃のザレ唄？　を思い出す。〃ノギサンガ、ガイセンス、スズメ、メジロ、ロシヤ…　あとは少々はばかるので割愛。いや、なに、四島を返さぬ奴にはばかることはない。ん、よし、ロシヤ…。

〈海鳴り〉　残務整理

終戦後、私達経理室要員は**残務整理**のため当分の間残留を命ぜられ、私はそれまでやり残していた物品受払簿などの書類整理を始めたが、それも間もなく師団司令部からそうした書類はすべて焼却せよとの命令があり、残らず焼却した。これで面倒なことをせずにすむと一息ついていると、今度は残った物品などは全て米軍に引き渡すことになったから小学校へ集積するよう通達があった。だが目ぼしいものは全て兵に分けたので、何も残っていなかった。これはちょっとまずい。米軍に尋問でもされたら何と答えればよいのか、と悩んでいたら、銃剣術の防具だけは誰も引取り手がなく沢山残っているのを思い出し、うん、これだと全て小学校に持ち込んだ。
ああ、あのストリキニーネですか、あれは終戦の翌日火葬にしました。

昭和二十年十月三日　残務整理でまだ復員できぬ。だがそれも近々のことだろう。当時の興奮は去った。そして押し寄せるのは冷き現実だ。米軍の進駐進む、名古屋に神戸に。世界の一大転換期だ。日本の変革だ。何が真実なのか。八月十五日を界として虚は実となり、実は虚となり、その渦中にある俺には何が何だかさっぱり分からぬ。どう動いて行くのか、どう進めばよいのか、流れに委すことは出来ぬ。再建の先駆として、中堅として立たざるべからず。だがその方法はこの大混乱にあって神ならねば見通しのつくものでない。時期を待てば遅れそうだし、かと言ってどの舟に乗ればよいか、また目的地さえも分からぬ。

全ては無に、そして新生なのだ。過去が誤であろうと、それは全て歴史に依ってのみ判断される。何がどうであれ現実はそのまま受け入れねばならぬ。将来幾多の艱苦《かんく》があろうと踏破せねばならぬ。

こうして私は秋たけなわの頃、御用済となり両親が疎開していた三重県の田舎へ帰った。田舎は一見何事もなかったように昔のまま静まり返っていたが、やがて誰それの息子は戦死したとか、シベリアに抑留されたそうだとかいった話が、私の耳にも入って来た。**戦争の傷跡**はどこにもあった。

十月二十九日　復員は二十四日。落ち着いた。秋天晴る。田舎は平穏。脱穀の発動機の音、田の面に響く。新生日本の胎動の如し。

古今未曾有の大敗北、何もかも終わり、そして新しきものが生まれる。生まれたものが正しいか否かは矢張り歴史の目に依つてのみ分かる。唯俺はその一因子として理想に邁進する。新しき日本、革命は既に行われた。それもアメリカに依て行われたとも言える程主動性なきもの。過去の勢力に余りにも押さえられ、新生の芽は自ら生え得る力を持たない程のものだったのか。天皇、日本人たる者全て凡そ論外の至高として存したる天皇、嗚呼既にそれは過去のものとなった。敗北、余りにもあり得べからざるごとき、夢の如き冷たき現実。不敗の聖地と信じ切った日本が完全にアメリカに征服された。それは如何なる政治的或いは人道的過失があったにせよ、日本人にとってはあり得べからざる事であった。それが厳然と到来した。全ての盲信的情熱は空しく打破され、後に来たるものは空虚であった。最早や天皇存せずとも言えよう。国亡びたり。民は唯食うに迷う。インフレは増大しつつあり、前途暗然たり。神国亡ぶ。夢の国遂に存せず、自らを亡くしたるのみ。

平和の鐘は鳴った。アメリカ軍進駐、事前に恐れられた事もさして起こらず、民主主義国家の教養ある所、好感を持てるのも敗戦の身又哀れ。数々の忌まわしい事件の暴露的報道、我等信じ真を以て行い来しにと、痛憤止み難き事多々。是では敗れしも当然。三千年の夢ははかなくも破れたるの感。新しき日本は平和の国、凡そ国を成し得れば不幸中の幸ともいうべきか。

私が帰ってしばらくして、米軍がジープに乗って**刀狩り**に来るといった噂が飛んだ。或る日の午後、父は私の持ち帰った軍刀を庭に持ち出し、斧で叩き折った。その時の父の姿は普段の物静かな父とは人が変ったように見えた。それは己が一生の仕事として心身を打ち込んで設計建造した多くの艦船が、海の藻屑と消え失せた寂しさと、やり場のない怒りをぶつけているようであった。折った刀は二人して庭の一隅の土中深く埋めた。

十一月六日　秋深し。俺の生命は存続した。そうだ、是から俺の平和なそして単調な一生が始ったのだ。

京都、神戸へ母と三日間、街にはＵＳＡの自動車。運転台に足をふん張り行手を凝視する米兵、街を闊歩する尻の膨らんだ米兵、嗚呼日本破れたり。都会の噪音と狂態、俺は怒る、何に向かってか。被征服者、人種、軍国主義者、自由主義者、日本人アメリカ人支那人、女、凡ゆるもの。

大学の門を入る。なつかし、就職望なし。食糧難、下宿難。

そうこうするうちに、昭和二十一年五月、極東国際軍事裁判が始まった。それは戦争の勝者が敗者を裁くものであり、決して正常な結果をもたらすものとは思えなかった。

だが一方、日本ではドイツ国民がナチを裁いたような、**戦争指導者**に対する**国民裁判**はついに行われることはなかった。

静岡県　爪木崎

天を突く柱状節理の岩峰群は見事なもの

熱海から伊豆急に乗る。窓側を向いた横長のソファーに座って、断続する海岸などの美景に見とれているうちに何時しか下田に着く。

まず須崎半島の東南端爪木崎へ。バスを降り遊歩道の石段を登ると、直線道路の向こうに白い灯台が現れる。突端に出ると、東側には遠く海をへだてて天城の山々が連なり、西には断崖が続く豪快な風景。灯台の手前右側の海岸から、天然記念物**柱状節理**の大岩峰群が天に向かって突き出ている。約五〇〇万年ほど前、安山岩質の溶岩が冷却されてできたもの。柱状の岩が規則的に幾重にも並ぶさまは真に美しい。以前柱状節理で有名な丹後の玄武洞を訪れたが、そこでは岩が複雑に重なり合い、大きなドーム状になっていた。それに比べ、爪木崎のものは直線状ではなはだ観

静岡県爪木崎の柱状節理

察しやすい。

なお、この辺は野水仙の名所、十二月下旬から一カ月くらいは、約三〇〇万株の花が放つ芳香に包まれるという。

下田へ戻り、ロープウェイで寝姿山に登る。ここは標高二〇〇メートル、武山とも呼ばれ、展望台からは眼下に下田港の全景が眺められ、晴れた日には洋上遥かに伊豆七島を望むことができる。また下田は江戸、大阪間の海路の要所に当たることから、幕府は大浦に舟の関所ともいうべき舟番所を置き、国内船の検問を行っていた。一八四九年（嘉永二年）四月、英国の測量船マリナ号が下田に入港したのを機会に、幕府はここ寝姿山山頂に見張所を設け、下田奉行所から役人数名を派遣し、日夜黒船の見張りに当たらせた。なお当時米国船に搭載されていた旧式の大砲二門が、記念品としてここに展示されている。

下田の街をしばらく散策してから帰途につく。

〈海鳴り〉　再　会

今日は久々にあの見事な柱状節理の岩に再会したな。いや、そう言えば我々の再会も何十年もたってからになったたな。

〝おお、お前生きとったか！〟〝ああ死んでたまるか〟これが我々の**再会**のあいさつであった。昭和十八年十二月一日、**学徒出陣**で決別した我がクラスの生き残りが、一堂に集まって再会したのは、それから四〇年も後のこと。それぞれが社会の第一線を退いてからのことであった。

私が京都大学農学部農林経済学科へ入学した当初、つまり昭和十七年四月のわがクラス五七名のうち、戦死または戦病死した者は六名であった。このほかシベリアに抑留されたが、何とか生きて帰った者一名、元気に復員したがこの日までに病などで倒れた者数名となっている。

また、生きて帰りながら、南米で農場を経営するのだと渡航したまま消息を絶った者、東北や東海で農場を営み、なぜかこの同窓会に出てこようとしない者などもあった。元来わがクラスには日本から脱出し、北や南の広い天地で活躍したいと志していた連中が多かったが、日本が敗れても彼らはあくまで初志を貫徹したかったのだろう。

同窓会は戦死や戦病死した友、そして戦後亡くなった友へ心からの黙祷を捧げた後、酒をくみ交わしながらの懇談となり、まずは戦死者の思い出話から始まった。

このうち、吹野については最近その壮烈な戦死の状況が明らかになった。彼は私が〈**海鳴り**〉**特攻**、に記載したように、昭和十八年秋、我々がいた京都大学農学部農林経済学科の教室で、我々に別れを告げた後、十月に第一三期海軍飛行予備学生として茨城県土浦航空隊に入隊した。彼は京大入学当初から大阪の八尾飛行場で操縦桿を握る練習に励んでいたというから、恐らくパイロットとしての腕の上達は早かったに違いない。

それから一年あまり後の昭和二十年一月六日、彼は部下の少尉と共に旭日隊の特攻機彗星に乗り、フィリピンのマバラカット基地を飛び立ち、夕刻、リンガエン湾にいた米巡洋艦ルイスビルの中央艦橋附近に突入体当たりし、見事な最期を遂げた。これにより艦橋は大破し、米司令官以下三二人が落命する結果となった。

なお、このことは、その米艦の乗組員であった水兵ジョン・ダフィが突入した彗星の破片を記念に持ち帰り、それに記録されていた機の製作所名、番号などが元になって、奇跡的に判明したものであった。

戦死した友の思い出話のあとは戦場や軍隊での苦労話などにも花が咲いたが、終わり頃になって〝いや、実は僕、金鵄勲章※をもらっちゃってね〟と何か悪いことでもしたように、遠慮勝ちに話し出したのは吉井さん。我々より五歳ほど年上の彼だけにこの〝さん〟という敬称がつく。〝ええっ、そりゃ大したものだ、ぜひいきさつを〟ということで彼が話したのは…。

※陸海軍の軍人の武功に対して与えられた「栄典」の一つ。功一級から七級まであった。

彼が輜重部隊の上等兵として中支戦線にいた時のこと。主力となって戦っていた歩兵部隊が、作戦上の都合で数日間陣地を離れ転進することになり、その陣地の確保を吉井上等兵を隊長とする分隊に頼んで出発していった。ところがちょうどその夜、中国軍が陣地奪回のため大挙して攻撃してきた。これに対し吉井分隊は押しては引き、引いては押すの勇戦敢闘の末、歩兵部隊が戻るまで見事その陣地を守りぬいた。その抜群の功績により功七級金鵄勲章を授けられたもの。〝おお、これが金鵄勲章というものか〟と我々は彼が持参した勲章に触れ、その激戦の様を想像した。

ところで、私と親しい仲のひとりはこの日もにこにこと人の話に耳を傾けるだけで、自身の軍隊経験については愛媛県豊浜にあった陸軍船舶幹部候補生隊にいた、というだけであった。それで私が、じゃあのモーターボートのような船での特攻に出撃する準備でもしていたのか、ときくと彼はようやく口を開き、ああそれは小豆島に本拠があった通称○レ（まるれ）部隊のことだ。トラック用のガソリンエンジンで走るベニヤ板製のモーターボートに爆雷を積み、敵艦に接近してそれを投下する特攻隊のことだ。と話し始めた。この特攻隊では約一二〇〇人が戦死したが、成果はあまり上がらなかった由。

一方、彼は昭和十九年秋、豊浜の部隊から同じ愛媛県の三島にあった○ゆ（まるゆ）部隊へ転属した。この部隊は正式には陸軍潜水輸送隊といい、陸軍の上層部では、米軍の飛石作戦により、南方の島々に取り残された陸軍部隊に潜水艦で食糧を補給しようと考え、潜水艦の建造を計画する一方、この○ゆ部隊を編成した。なお、念のため申し上げておくが、ここで潜水艦と言っているのは**陸軍の潜水艦**であって、海軍のそれではない。海軍にには当時すでにそうしたことで陸軍を応援する余力はなかったのだ。

ところで、この潜水艦なるものは、「潜水」という特殊な性能を備えるため、造船技術的にも操縦技術的にもはなはだむずかしいもののようである。事実、先年ロシアの原潜が沈没したし、昨年はアメリカの原潜がハワイ近辺でとんでもない事故を起こしてしまった。また、私が子供の頃、造船技師であった父が、他社の建造した潜水艦が沈没したというので、真夜中に飛び出して行ったことを記憶している。父は他社への応援と事故原因の調査に出かけたのだった。しかも、昭和十九年頃は私が〈**海鳴り**〉**開戦**、に記載したように、米軍機により日本の造船所はほとんどが破壊されていて、まともな造船能力のある工場はなかったのではないか。

かくして、待てど暮らせど目的達成に必要な能力を備えた肝心の陸軍潜水艦は○ゆ部隊にはやって来なかった。彼は部隊の見習士官として初年兵の教育に当たったり、松根油製造の指導に当たったりしていたのだが、そうこうしているうちに昭和二十年八月十五日の**終戦**を迎えることになった。彼は最後に「陸軍上層部の連中は、潜水艦ができる見通しもないまま○ゆ部隊だけを作った。おかげで、多くの学徒出陣した友人や同世代の者が死線をさまよい、血の出る苦労をしているのに、自分は九カ月も無為に過ごしてしまった。恥ずかしい限りだ」と嘆いた。そこで私は、「いや、よかった。もしその潜水艦ができ上がって南方に向かって出航したら、たちまち米軍に発見され海の藻屑となり果てて、今ここにお前さんはいないということになっただろうな」と言ったのだが、その南方に取り残された部隊はどういうことになったのか…。

沖縄県　与那国島
青い海にカジキが跳ねる。あれに見えるは台湾か

石垣空港を離陸したＹＳ―11は美しいコバルトブルーの洋上を飛ぶこと三〇分、与那国空港に安着。この島は周囲二九キロメートル、人口一八〇〇人。昔は台風や激しい潮流による交通難などで、島民ははなはだしい離島苦を味わった絶海の孤島。俗称ドナンは渡難だという。

タラップを降りると潮の香が漂い、十月というのに太陽がギラギラ。十数歩で待合室へ。まるで田舎のバスから降りたような気分。ホテルの案内板を手に兄チャンが出迎え。いや、顔があまり黒いので間違えた、姉チャンだ。手を上げると白い歯を見せてニッコリ。早速車で島の中心祖納《そない》の波多浜《なんた》に建つミニホテルへ。表の白壁にでっかいカジキの跳ねる姿が描かれ、如何にもマリンリゾートの宿。夕食前、真白なサンゴや貝殻がいっぱいの浜辺を散策。

翌朝、**日本最西端**の岬、西崎《いりざき》目指し、まずバスで一〇分の久部良へ。ここはカジキの水揚港。期待に違《たが》わず数人のゴム長姿のオバサンがでかいのを解体中。こいつの刺身でぜひ昼食をと傍の食堂のおかみさんに頼むと即座にＯＫ。昼飯を楽しみに足どり軽く岬への道を急ぐ。

沖縄県　与那国島
青い海にカジキが跳ねる。あれに見えるは台湾か

ゆるい坂道を一五分ほど登ると大地が次第に狭まり、やがて青い海と白い灯台が同時に目に飛び込む。あと数歩、ついに「日本国最西端之地」の碑に到達。ここは東経一二二度五六分日本国果てる所、太陽が最後に沈む地の果て。岬の突端に立ち大海原を眺め海鳴りをきく。遠くの陸地らしき影は台湾か。足下は五〇メートルもの断崖、カモメが群れ飛び白波が巨岩に砕け散る。振り返れば久部良港。そうだ、カジキだ昼飯だ！　もう一度最果ての風光を目に焼き付けて丘を下る。

食堂では山盛りのカジキの刺身と銀飯、みそ汁が待っていた。まずオリオンビールで乾杯。続いてご当地名産六〇度の泡盛「どなん」で乾杯の後、早速カジキを頂戴。とろけるような味、そのうまいこと！　こいつは体重二〇〇キログラムくらいだが、大物は五〇〇キログラム、全長四メートルもの巨体、時速八〇キロメートルの猛スピードで泳ぐという。はえなわや突きん棒漁の対象だが、引き上げる時大暴れするため長い嘴に刺されて落命したり、舟底に穴を開けられSOSを発信したこともある由。

沖縄県与那国島日本国最西端の碑

午後は島の東部を探勝。まず在来馬の与那国馬が群れ遊ぶ島の最東端東崎《あがりさき》へ。この馬、競馬とやらでやたら走らされる人工馬？　と違い、天然記念物として保護され南海の楽園でのびのび。なに、馬刺し用？　とんでもない。先日この島で全国八在来馬の保護繁殖会議があったばかり。

ついで軍艦岩や立神岩などを見物。最後にこれも天然記念物、前翅《ぜんし》の長さ一一センチという世界最大の蛾ヨナクニサンの生息地へ。この蛾は絶滅寸前で、目下繁殖作戦実施中。幼虫が見えるかなと丈夫な金網で蔽われた飼育ケージの中をのぞいて見たが、網の目が細かくて奥の方までは見えなかった。

翌朝、町の民俗資料館を見学したあと、与那国島と青い海に別れを告げ帰途につく。

〈海鳴り〉　わが祖国

機上から遠ざかりゆく島影を目で追う。与那国島はやがて小さな点になった。今やあの点が日本の**最果て**なのだ。かつては遙かに霞む台湾、そして朝鮮、満州を手に入れ、さらに北へ南へと触手を伸ばした日本。だが五〇余年前、あえなくここまでに縮んでしまった。いや、これでいいんだ。他人の住む所は他人に任せ、我らはこの日本列島で生きればよい。

それに、何も地上だけに住まずとも、天空が、月や星が人間を待っている。米ロに負けず早く宇宙へ飛び出せ。

石垣島で乗り換え、東京へ向かう。眼下に琉球列島が続く。

昭和二十年四月一日、沖縄に米軍上陸。沖縄の人々は自らの祖国を守るべく三カ月間も勇戦健闘した。それにもかかわらず今の沖縄は、ある新聞記者が「日本という国は、いつまで一地域の住民だけに、こんな植民地的な気分を味わわせておくのだろう。最近の沖縄で起きた二つの事件を取材しながら、そんな思いが込み上げた」と嘆いたような状態。二つの事件というのは、在沖米軍トップが沖縄の知事や町長を「頭のおかしな腰抜けども」と中傷した事件、それと北谷《ちゃたん》町での連続放火容疑で県警が逮捕状を取った海兵隊員について、米軍が日米地位協定を楯に、起訴前の身柄引き渡しを拒否した事件。その後も不祥事続発、これでは沖縄の人々が琉球列島独立を叫ぶようになるのでは、と心配。

やがて九州、四国、中国の上空を通過。われ幻のキノコ雲を見たり、原爆を投下した米軍への恨みは永遠に忘れじ。志摩半島が近付いてきた。あの時、もし米軍が上陸してきたら、我々は住民とともに祖国防衛の念に燃え、必死に戦ったに違いない。あの頃は己の背中に日清日露以来の**祖国**の存在を感じていた。だが敗れた後に知ったあの非情な掟、即ち大本営や参謀本部に立て籠っていた職業軍人達が定めた「国土決戦教令＝第十一条決戦間傷病者は後送せざるを本旨とする。第十二条　戦闘中の部隊の後退は之を許さず」を知ってからは、米軍の上陸がなくてよかった、とつくづく思う。彼らは人間の面をかぶった鬼であったとしか思えない。

とにかく、あの太平洋戦争は起こるべくして起こった。彼らは鉄砲を持つと早く撃ってみたくて辛棒できない連中だった。ああして完膚なきまでにやられて初めて、彼らは彼我《ひが》の力量の差を知ったのだ。それまでは日清日露などの連戦連勝で逆上《のぼ》せ切った彼らに何を言っても無駄であった。一度はこうならねば終わらなかったのだ。それにしても大きな犠牲を払ったものだ。ようやく小さな祖国が残ったのだが。

こうして私は**海鳴り**をききながら与那国島の旅から帰り着いた。羽田で辺りを見回せば、そこは一応平和な日本。だがまだ青い目の兵士がいる。本当にここは日本か。しかし、もう身を捨てろと言うような祖国は望まない。そんな窮屈な祖国はもう御免だ。

この辺で、新聞の声欄から、九四歳で先日なくなったというおばあさんの声を頂戴して、私の岬への旅、**海鳴り**をきく旅を終わるとしよう。「まったく**戦争**ぐらいばかくさくって、ろくでもねえものはねえ」。

おわりに

近年、日中戦争や太平洋戦争が侵略戦争であったのかどうか、日の丸・君が代復活の是非、そしてさらに自衛隊海外派兵の是非などが問題となり、それらに対する明確妥当な答えは出されないままとなっている。

それは私が文中で述べたように、終戦後、戦争指導者に対する国民の裁判が行われず、したがってあの戦争への反省が極めて不充分であった結果、今になって発生してきた問題である。

あの戦争への反省が、将来の戦争防止につながることは明白である。この本がそのことに少しでも役立ち、将来あの〝海行かば…〟の歌が蘇ることがなければ、私にとって真に幸いである。

平成十三年秋

萬濃誠三

[著者略歴]

萬濃 誠三（まんのう・せいぞう）

大正11年（1922年）9月、神戸市に生まれる
昭和14年（1939年）3月、兵庫県立第二神戸中学校4年終了
昭和17年（1942年）3月、旧制広島高等学校文科甲類卒業
昭和17年（1942年）4月、京都大学農学部農林経済学科入学
昭和18年（1943年）12月1日、学徒出陣にて京都師団中部第42部隊入営
昭和19年（1944年）9月、京都大学卒業
昭和20年（1945年）4月、護京第22655部隊転属
昭和20年（1945年）10月、同上部隊除隊
昭和23年（1948年）12月、農林水産省入省
昭和55年（1980年）10月、同上定年退職
昭和55年（1980年）11月、（財）農林統計協会理事
昭和63年（1988年）11月、同上退職～現在に至る

海鳴り ―太平洋戦争・私の体験―

2001年11月15日　初版第1刷発行

著　者　萬濃 誠三
発行者　瓜谷 綱延
発行所　株式会社 文芸社
〒112-0004　東京都文京区後楽2-23-12
電話　03-3814-1177（代表）
03-3814-2455（営業）
振替　00190-8-728265
印刷所　株式会社 フクイン

ISBN4-8355-2748-8 C0095